龙族传说

归家之途

下

黄春华 著

长江出版传媒　长江文艺出版社

人物简介

龙族

黄小蛮：

龙王之女，与破壳时看到的小白狼形影不离，后化身为人类白步冲，体会到亲情的温暖。为寻找失踪的妈妈闯进死亡谷，却意外解开了自己的身世之谜。

若弦：

龙王之子，也称"小青龙"。自小养在龙王身边，却不学无术、懦弱无能，经常跟小蛇一起鬼混。他不仅因嫉妒诬陷小黄龙亲亲，还将魔爪伸向自己的父亲。

亲亲：

龙王之子，也称"小黄龙"。自小养在鲨王家，与雪隙心意相通。他成熟稳重、机智果敢、重情重义。奋力维护鲨王和龙王的周全，却难以阻止两者的争斗……

龙王：

大海的新霸主，神通广大，遇事从容不迫。对龙后情深似海，对子女严慈相济。但好面子，又易受人挑拨。致力于延续龙脉，却屡遭困难。还要应对海里的争斗。

狼族

白崖飞：

老狼王的儿子，又称"小白狼"。经常与黄小蛮斗嘴，友情却不减反增。目睹狼王被杀，与狼族结下血海深仇，后因黄小蛮化解了仇恨。最终成长为合格的狼王。

人类

白卫：

白杨村首领，优秀领袖兼慈爱父亲。为报杀子之仇猎杀了老狼王，对狼族恨之入骨。袭击狼村时带回了由黄小蛮化身的白步冲，也由此化解了人狼之间的仇恨。

鲨族

雪隙：

鲨王独生女，被鲨王捧在手心。她古灵精怪、活泼可爱。与小黄龙亲亲心意相通、形影不离，视他为自己家的一份子。

目 录

1. 捕获狼王　　　　　　/ 1
2. 小白狼下山　　　　　/ 8
3. 跌落山谷　　　　　　/ 15
4. 狼后的嚎叫　　　　　/ 23
5. 小白狼逃生　　　　　/ 30
6. 意外重逢　　　　　　/ 37
7. 横扫狼窝　　　　　　/ 44
8. 黄小蛮变身　　　　　/ 50
9. 入住村落　　　　　　/ 56
10. 酝酿计划　　　　　　/ 63
11. 隐蔽的路　　　　　　/ 69
12. 夜晚的行动　　　　　/ 75
13. 妈妈的真相　　　　　/ 82
14. 雾中的幻象　　　　　/ 90
15. 审问毛癞　　　　　　/ 96

16	心中的歉意	/ 103
17	探望毛癫	/ 109
18	查找狼窝	/ 115
19	再见小白狼	/ 123
20	初探死亡谷	/ 130
21	生死相救	/ 137
22	奇怪的伤口	/ 145
23	说出秘密	/ 152
24	人狼联手	/ 159
25	龙神现原形	/ 166
26	龙族相遇	/ 173
27	寻找小白狼	/ 180
28	小白狼吃鱼	/ 187
29	超帅的造型	/ 194
30	打穿龙穴	/ 200
31	独处一室	/ 207
32	人狼狂欢	/ 213
33	告别仪式	/ 220
34	久别重逢	/ 226
35	第三个蛋	/ 233
36	返回故乡	/ 240

1 捕获狼王

月圆之夜不是最美的，而是最恐怖的。圆圆的月亮像夜的眼睛，直直地向下瞪着。山林里，每一棵大树都站成了黑影，风一吹，魔舞鬼摇。每每这时，老狼王就感到牙齿发胀，奇痒难忍，非要带着群狼下山不可。

老狼王号称白背，因为他浑身灰毛，只有背上有一块白毛，靠近后脖颈，特别显眼。其实，他更显眼的是牙齿，只要一张嘴，雪亮雪亮的，让对手心惊胆寒。他曾无数次地与野牛搏斗，猎杀了比自己大几倍的野牛，也曾无数次冲入山下的人类部落，偷袭他们的羊群。如果狭路相逢，哪怕是人，狼王也会毫不犹豫地动用牙齿。

正是因为狼王有如此的威风，周边的狼群才不敢轻易闯进他的领地。

当然，人是最不好惹的，他们赤手空拳的时候并不可怕，可怕的是他们手里的棍棒刀叉。这一点狼王最清楚，所以，他总是对狼群宣布，不到万不得已，不要和人搏杀。

狼王唯一一次和人交锋，是不久前的一个月圆之夜，他领着狼群下山，趁人都在熟睡，冲进了部落的羊圈。他咬着一只羊，正往外走，黑暗里突然冒出个人影。他别无选择，丢下

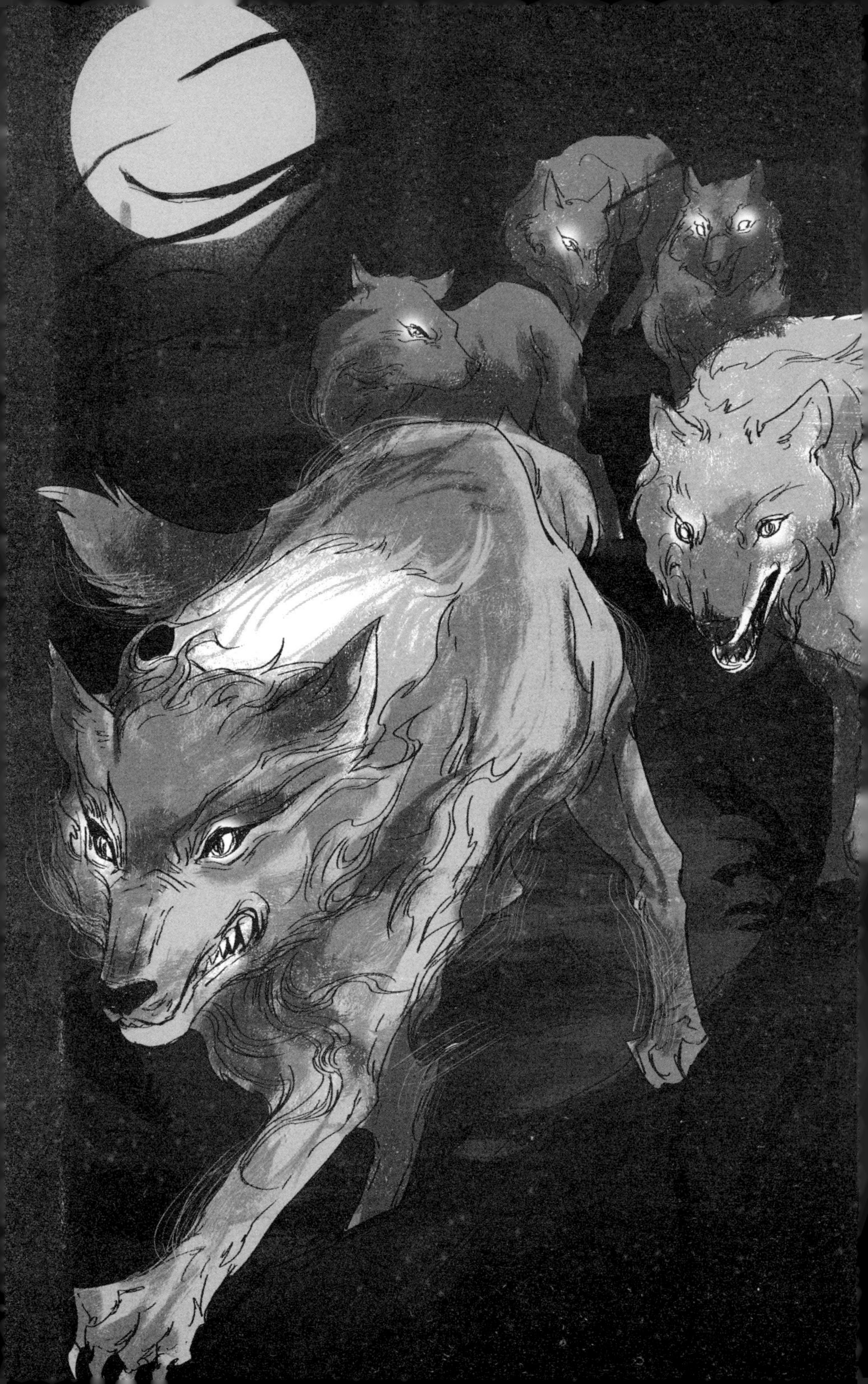

羊，冲上去就是一口。那人好像没有怎么反抗，倒地就不动了。

他知道自己惹了祸，就大声呼喊，让狼群快撤。他的喊声也惊动了部落，人都起来了。不过，等人们赶到，狼群已经跑远了。和狼群一起消失的，还有部落头领的儿子。

狼王衔着小孩子，逃到半山腰，望着山下的火光，长长地出了一口气。那时，他以为已经逃过了劫难，其实，从那时起，他的劫难才真正开始了。

今天又是一个月圆之夜，老狼王像以前一样，带着自己最健壮的十匹狼，下山去偷袭羊群。本来，狼也可以去猎杀野牛，但野牛身强体壮，一起围攻也难得咬死一头，有时还会被牛踢中，轻则伤，重则亡。狼也可以去攻击野鹿，他们没有反抗能力，可是他们夜晚特别警觉，一有风吹草动，就会竖起耳朵，不等狼靠近，就会撒腿奔跑。野鹿身高腿长，论比赛奔跑，狼可没有把握。

掂量来掂量去，还是那些关在羊圈里的羊最好对付，狼只要冲进羊圈，一口下去就能解决战斗。

狼王出发之前遇到了一点小麻烦，他的小狼崽白崖飞非要跟着一起去。儿子是狼王的心肝，身材俊朗，一身雪白的毛，无一点杂色，真是上天恩赐的宝贝呀！

宝贝当然要重点保护，出猎可不是儿戏呀，虽然羊好对付，可是一旦惊动了部落里的人，刀叉棍棒都上来，腿脚稍微慢一点就会丢命呀！老狼王狠狠地拱了一下儿子，冲洞里的狼后喊："看住他！"然后，转身一声号令，群狼出发。

白崖飞冲到洞口，大声喊："爸，爸！"嘴巴一歪，眼泪就落了下来。

狼王当然没有停留，只留下一串远去的脚步声。狼后一身灰毛，从后面伏在儿子身上，用下巴摩擦着儿子的头，轻轻笑着说："小勇士，快长大，身强力壮就出发！"

"我，已经够强壮了！"白崖飞不服气地喊。

"哦，真的吗？"狼后仍然笑着，"看你能不能把我掀翻。"

白崖飞马上咬牙切齿地扭动身子，可是，不但掀不动妈妈，还感觉后背越来越重。他停下来，大口喘着气，说："你，赖皮！"

妈妈翻身下来，和他并排趴在洞口，望着天上的月亮，说："狼是靠实力谋生活的，你只有足够强大，这个世界才是你的。"

"你们总不让我出去捕猎，我怎么强大呀？"白崖飞并不松口。

"你放心，我不会养你一辈子的。"妈妈笑着拱了一下儿子的脸，"等时机成熟的时候，会让你出动的，到时候别害怕哟！"

"那，什么时候才是时机成熟呢？"

"嗯，这个嘛，等你睡一觉，我再慢慢告诉你。"

白崖飞知道再说也无用，只好跟着妈妈进到洞里，躺在妈妈身边。妈妈睡觉有个习惯，一只手搭在儿子手背上。好不容易等妈妈睡着了，白崖飞想抽身，可是，手抽不出来。他一使劲，手抽出来了，妈妈也睁开了眼睛。

他连忙小声说："我，要尿尿。"

妈妈的眼睛又闭上了，算是同意。他连忙爬起来，出了洞口，望了望天上的月亮，又朝洞里喊："我要便便哈！"这意思是要花更长的时间。

没有回音。他知道时机到了，就轻手轻脚向前摸去。没走多远，他看到一个黑黑的洞口，顿时提起了好奇心。前两天，爸爸从山下回来，衔着一个什么东西进了洞里。白崖飞想进去看，被爸爸挡在洞外。那一刻，爸爸的牙齿全部露了出来，对自己的儿子像对最大的仇敌。白崖飞就不敢再靠近洞口。

这时，洞口看守也不在了，真是天赐良机。白崖飞暗喜，快步过去，探着步子摸进洞里。洞并不深，借着月光，渐渐地，他看清地上躺着一个黑乎乎的影子——呀，这不是个人吗？他吓得差点叫出声来。因为爸爸说过，在这个世界上，所有的凶猛动物都算上，人是最可怕的。

他浑身颤抖，忙着后退，不小心自己绊住了脚，倒在地上。他慌忙爬起来，准备转身逃跑，突然觉得有点不对劲——这人怎么一动不动呀？于是，他又壮着胆子向前探出两步，做出要进攻的架势——人还是没动静。这一回，他放心了，伸着鼻子过去，轻轻触到人的皮肤，全身冰凉——人已经死了。

他盯着人看了片刻，看清了不过是个小孩子，这样想着，他就张开嘴巴，准备下口。

突然，妈妈的声音从远处洞里传来："便便怎么样呀？"

白崖飞一惊，猛一回头，清醒了，又想起了爸爸当时把他挡在洞外的凶样儿，就庆幸自己没有下口。他连忙跑出洞，向山下摸去，生怕慢一步，就会被妈妈捉回去。

再说狼王带着狼群，穿过黑黑的树林，来到山下。眼前就是白杨部落，因为最靠近山脚，狼王每次只偷袭这个部落。像以前一样，他们慢慢靠近，已经能够闻到羊的味道了。

四周极静，显然羊都睡了，人也睡了。真是天赐良机呀！快步摸到羊圈边上，狼王正准备破栏而入，就听一声喊叫，羊圈四周冒出一片人影，叮当哐啷一片刀叉撞击之声。狼王一惊，大喊一声："撤！"狼群调头，快速奔上山林。

人群不紧不慢地追着。狼王回头望了望，觉得没多大危险了，只可惜没有偷到羊。正这么想着，突然，树林之中一片亮光，燃起了无数火把，一群人已经拦住了去路。狼群一阵慌乱。

狼王没有乱，他知道中了埋伏，现在必须做出取舍。于是，他对狼群说："我去冲击人群，吸引他们，你们朝旁边绕道，逃！"

一只灰狼靠近狼王，说："王啊，你快逃吧，我来冲！"

狼王使劲拱了灰狼一下，说："不要争执，执行！"然后，他一跃而起，冲向人群。

人群中响起一阵喊杀声，所有的火把都围向了狼王。狼王身中数刀，躺在地上不能动弹。他最后向远处望去，看到狼群已经突破人群逃走，就轻轻地松了口气。

白杨部落就在山脚下，为了阻挡狼和其他野兽出没，部落四周栽种了密密麻麻的白杨树，都已经参天蔽日，部落因此得名。部落首领白卫从小英勇善战，八岁的时候就能上山打猎，并亲手杀死了一头野猪。十六岁就当了部落首领，处事公正果断，每次带着猎手上山，都是满载而归，部落中无人不敬重他。后来，他娶了部落中最美的女子，两人十分恩爱。

美中不足的是，他很多年都没有孩子，直到中年，才生了个儿子，取名白步冲。中年得子，也算幸运，他喜得合不拢嘴，把儿子看作心肝宝贝。可是，就在前几天，睡到半夜，儿子说要尿尿，出去就被狼叼走了。

首领白卫痛不欲生。多年来，白杨部落一直和狼王白背相持，但又互相躲避，从不正面冲突。哪怕是狼叼走了几只羊，猎手也只是做做样子，驱赶一下了事。因为大家都知道，一旦和狼相搏，必将是你死我活。

可这一次不同，白卫发誓要猎杀狼王白背。他深知狼王在月圆之夜必然出动，于是布下了天罗地网，果然将狼王一举擒拿。

望着躺在脚下气息奄奄的狼王，白卫恨不得一刀砍下他的头。可是，那样太便宜他了，得有个更隆重的仪式来处置狼王，为儿子祭奠。

他把刀尖在狼王的嘴角戳了一下，狼王马上露出了尖利的牙齿，不过，也只是露一下，已经没有力气再做其他动作了。

白卫曾无数次设想过和狼王狭路相逢，设想过那一场撕肉喷血的搏斗，可做梦也没想到，真正猎杀狼王，会是这样一种情景。他冷笑一声，大叫："绑了，抬回去！"

猎手们一拥而上，绑了狼王，抬在肩上。火把慢慢向山下移动，慢慢向部落移动。

狼王被倒绑着，一路默默地望着山上，嘴巴紧闭。他决不能发出任何嘶叫，那样会让他的部下以为是求救信号。他很清楚自己不需要救了，血一直在流，生命在被一丝一丝地抽走，死神就在眼前——每一个人都是最称职的死神——他多想再见儿子一面，把这句话说给儿子听呀，可惜，已经不可能了。

2 小白狼下山

白崖飞第一次摸黑下山，远离妈妈的山洞之后，突然感到非常害怕。月光明明暗暗地洒落在林间，石头和树都呈现出怪模样，好像要迎面冲过来，吓得他冷汗乱飞。他有点后悔了，真不该偷偷离开呀！

虽然这样想，但他不会回头。其实妈妈的洞口就在不远处，一转身的距离，但他就像被一只无形的手牵引着，下山，下山。为了给自己壮胆，他一边加快步子，一边小声地吼："咬死你们！咬死你们！"吼得越有力，胆子好像就越大了。

他正吼得带劲，跑得顺溜，突然就听到一阵巨响，从远逼近，就像山崩地裂。他吓得腿脚发软，身子一歪，顺着山坡滚了下去，幸好不远就被一块大岩石挡住了。他连忙把自己缩在岩石下面，刚刚能藏住。也只有这里了，再想换个地方躲藏，根本来不及了。一大片黑压压的怪物席卷而来，又滚滚而去。

等响声渐渐变小，白崖飞才把抖动不止的身子抽出来，向山上望了望。刚才他已经看明白了，是狼群，这样仓皇奔逃，他还是第一次看到。

山下一定发生了什么可怕的事。他感到一种说不出的害怕，从岩石下爬起来的时候，浑身发麻，很想马上跟着狼群回去，可是犹豫了一会儿，还是继续向山下摸去。他决定下山，除了好奇心，其实更多的是因为对爸爸的怨恨。哼，谁让你不带我去呢，你们去你们的，回你们的，我自己去！他心里一阵发狠，差点委屈得哭鼻子了。

从山上下来，白卫的前脚掌一踏进白杨林，整个部落都惊醒了，人们从各自的草棚屋里跑出来，奔过去迎接凯旋的猎手，当然，更是为了抢先看一眼狼王的模样。以前谁也没有真正见到过狼王白背，传说中的狼王长着三头六臂，眼睛像灯笼，鼻子像山洞，牙齿像利刃，腿一蹬能跨越千山万崖，嘴一张能撕碎牛鬼蛇神，就算一声长啸，也能让月亮碎成八瓣……

可是，眼前根本没有传说中的狼王，只有一匹四蹄捆绑，倒吊在木棒上的灰狼。他双眼无神，把头侧向一边，尽量不跟人们对视，好像在望月亮。他浑身是血，就连背后的那一块白毛，也快被染成红色了。他嘴巴紧闭，没有露出一颗牙齿。

这狼一点也不可怕，小孩子们都敢捡起石子跟着人群边跑边砸，砸中了就会引起一阵欢呼。

白卫一点也高兴不起来，黑着脸吼："走开，都走开！"他只觉得一阵阵心痛，不知是为逝去的儿子，还是为落网的狼王。

后脚赶到的老者白胡子大老远就喊："不要乱来，不能乱来呀！狼王就是神，就是死也得有个正规的仪式！"

白胡子是白卫最信任的人，他年纪最大，长着一尺多长的白胡子，见得多，有头脑，还懂得一些狼语呢。

白卫见到白胡子，才算踏实多了，连忙上前行了个弯腰礼，问："你看，现在该怎么办？"

白胡子一手捋着胡须,定睛看着狼王。狼王也把头转了过来,望着白胡子,犹豫着。

白胡子似乎明白了,说:"你们看,他有话要说。"

人群中顿时发出一阵嘲笑,有人高声说:"是呀,他一定是想说'饶了我吧,求求你们了',哈——"

更高的笑声淹没了狼王开口的欲望。他刚才确实想对白卫说,他不是有意要伤害白卫儿子,可没想到衔回去之后,白卫儿子就死了。唉,既然人都死了,说这些还有什么用呢?狼王在心里叹了口气,就决定紧闭嘴巴。

白胡子厌恶地瞪了人群一眼,喊:"滚开,你们都给我滚开!你们根本就不懂什么是王,你们连跟王交流都不配,不配!"

围观的人群嬉笑着散开,并不走远。白卫一直定定地站着,已经不知道下一步该怎么办了。白胡子上前拍了拍他的肩膀,安慰道:"别难过,下面的交给我办,你必须行使你的权力,懂吗?"

白卫使劲地点点头。那一刻,他觉得自己在白胡子面前永远是个孩子。

快到山脚下的时候,白崖飞看到了一片通红,那是白杨部落的人们燃起了篝火,欢快的人群正围着火堆唱歌跳舞。他被眼前的景色迷住了。尽管火光让他心惊肉跳,但他还是忍不住要到近前去看一看。

他尽量降低身体,绕过了一片白杨林,沿着黑暗遮挡物,小心翼翼地向前摸索。有好几处没有遮挡物,他不得不快速通过，吓得心乱跳，真有点恨自己一身纯白的毛色，太显眼了。幸好没有人注意，他顺利地摸到了离火堆不远处的一棵白杨树后面。树干很粗，足够遮挡他的身子。他就探出头，向火堆张望，一脸又怕又惊喜的表情。

一开始，他只能看到那些人围着火堆蹦呀跳呀，欢快的气氛太有感染力了，简直都快把他吸引过去了。爸爸常说人是最可怕的，可是，他第一次这样近距离地看见人，怎么觉得他们那么可爱呢？他甚至还跟着轻轻叫了两声，因为人声太吵，没有人注意他。

他心里痒痒的，真的想直接跑过去和人一起狂欢了。就在这时，突然有人大喊了一声，人群就停止下来，慢慢地闪到两边，每人都捡起刀叉，威严而立。白胡子站在火堆旁边，手握一把尖刀向天上指了指，说："时辰已到，杀狼王！"说完，他把刀递给并肩而立的白卫。白卫接过刀，也向天上指了指，然后，他们俩同时把身子闪到一边，就像开幕一样，中间拉开一条很宽的缝隙。

透过缝隙，白岸飞一下就傻眼了，就在火堆旁边，爸爸被绑在一棵树上，浑身的毛被血染得不成样子了，但头是高高仰起来的，仿佛在欣赏空中的圆月，一脸的镇定自若。他想哭想喊，可是张着嘴巴发不出一点声音。因为过度惊吓，他忘了躲藏，反而露出了更多，整个脑袋都暴露了。

幸好没有人向这边看，只有狼王的目光不经意间投向了这边。狼王想到过死，但没有想到过在死之前能见到儿子。他的血液顿时凝固，身子突然向上一挺，嘴巴大张，露出了发亮的牙齿。

人群吓得一阵惊叫，向后退出一大圈。因为他们都是头一次见狼王亮出牙齿，果然寒气逼人。

白卫以为狼王看到了尖刀，才做出如此强烈的反应，就侧头望着白胡子，有些犹豫。作为部落首领，他一直明白自己的责任，就是与狼斗争。他曾无数次想象过和狼王拼死相搏，不是狼王惨死在他手中，就是他被狼王断喉而亡。此刻，真正让他手握尖刀面对狼王，他却手软了。因为狼王是被捆绑的，白卫从心里是佩服狼王的，他不能去杀一个毫无还击之力的狼王，那样，他觉得自己就不配做部落首领了。

白胡子当然看出了白卫的心思，就使劲点了点头，说："现在不是论英雄的时候，你得为冲儿报仇。一个活生生的孩子，被狼王叼走，活不见人，死不见尸，你还在等什么？难道等着狼王嘴里能吐出一个活人吗？"声音不大，但非常有力量，就像一只手把白卫推了一下。

白卫向前跨了半步，但还是有点犹豫，不知尖刀该从哪里刺下去。

狼王根本就没有理会白卫，他一直盯着人群后面的那棵树，突然大叫："滚，快滚！记住，千万不要接近人群，每一个人都是死神！死神……"

狼王狂怒的叫声吓到了人群，大家都向后退却。白卫也以为狼王要做拼死一搏，就不再犹豫，猛地一刀，深深地扎进狼王的喉咙。狼王的喊声戛然而止。

血喷了白卫一脸，他不得不闭上眼睛。他并没有用手抹脸，而是等血顺着脸流下，好一会儿，他才能再次睁开眼睛。这时，狼王的目光已经不再凶狠，而是散散的，无神，但仍然越过人群的头顶，望着天上。

白胡子也粘上了血水，他并不太在意，只是用手轻抹了一下，望着白卫，说："快下手，要抢在断气之前啊！"

在整个过程中，白崖飞一直盯着。尖刀刺进爸爸喉咙的瞬间，他感到一阵疼痛直插心窝。他强忍着心痛，只觉胸口猛地紧缩，泪水喷溅而出，湿透了脸。但他很清楚，不能出声，因为他听懂了爸爸喊话的意思。所以，他紧紧咬着牙齿，嘴唇已经咬出了血水。

泪眼之中，他看到尖刀又落到了爸爸的脖子上……

白崖飞浑身抖动得无法控制，哭声也从牙齿缝里漏了出来，很细微，很凄惨。

人群正在为狼王的头颅而欢呼，白崖飞的哭声似乎被完全淹没了。可是，再细微的声音也逃不过白胡子的耳朵，这个老人眼神不好，耳朵却超好。他透过欢呼声，听到了那不合拍的哭泣，就皱了皱眉，侧了侧耳，然后，直接朝人群外走来，直接来到那棵白杨树下。

白胡子来得太快了，白崖飞来不及躲避，甚至来不及刹住哭声，四目相对，双方都愣住了。白胡子有点不敢相信，这里竟然还躲着一匹狼，就抹了一下老花眼，终于确定是狼，就大喊一声："狼呀——"

人群突然安静，都把脸转过来，于是，都看到了一匹纯白的小狼，然后，都围拢过来。

白崖飞没有时间悲伤，因为害怕，突然扯开嗓子冲人群大叫了两声，露出了满嘴的牙齿。但这些根本不能吓倒人们，人群中反而发出了哄笑。他不得不一步步后退。

白卫走了过来，定睛一看，说："这一定是狼王的小崽！"
　　"抓住他，杀了他，斩草除根……"人群中喊叫起来。
　　白崖飞看到白卫手里提着爸爸的头，他多想冲上去抢夺过来呀！可是，他知道自己不能，现在唯一能做的就是逃，否则，他的脑袋也会像爸爸的一样。想到这里，他发出了更猛烈的叫声，借着叫声的掩护，他猛地转身，向山上奔去。

3 跌落山谷

因为害怕，身子发紧，跑起来就格外辛苦。白崖飞没跑多远，就觉得腿脚发软，浑身无力，一路上只听到自己粗重的喘息。可他不能停下来，人群已经紧追上来，他们高举着火把，照亮了半边天。

如果说人是死神，那么火把就是死神的旗帜。白崖飞回头看一眼摇晃的火光，就吓得心惊肉跳，拼了命往山上跑。山路一片漆黑，石头树枝都看不清，他完全是凭着感觉跑呀跑。不时，脚会被绊住，摔得打几个滚，爬起来，不敢有片刻停留，认准了方向再跑。

山顶越来越近了，他已经能隐约看到山头岩石边上的一棵松树，特别高大，衬着月光，树影特别突出。过了那里，就到家了，妈妈一定在洞口等着呢！妈妈，这个字眼现在出现在他的脑子里，简直让他委屈得只想痛哭一场。

他憋足了劲，一口气跑到了树下。可是，他突然刹住了脚步。就在他一眼能够望到洞口的时候，他有了一个新的问题：我见到妈妈就安全了吗？

他回头望了望紧跟而来的火光，不禁倒吸一口凉气：如果他直接跑进洞里，那么，这些火光也会跟着过去，接下来，不仅是妈妈,整个狼族都会有灭顶之灾。而这一切都是因为他——不能,决不能!

他猛地转过身子,朝山下冲去,快接近人群的时候,还特意大叫了几声。人群都停住了脚步,不知发生了什么情况,吓得向后退缩着。趁着这一愣神,白崖飞向另一条下山的路冲去,划过火光的边沿,像一道白色的闪电。

白卫第一个醒过神来,手一挥,人群调转方向,跟着那团耀眼的白色向山下追去。

白崖飞体力不支,粗气直喘,头脑发晕,四肢发软,只是胡乱往山下冲,根本不知道前面是什么情景。后面的火光紧追不舍,他心中焦急,刚想回头望一眼,不料脚下一绊,来了个倒栽葱,身子像一块失控的石头,向下滚去。

滚了一段距离,被岩石和树干冲撞了几次,身子慢慢停下来。他想爬起来,前爪一伸却落了空,定睛一看,妈呀,面前是深不见底的悬崖,半个身子已经悬空。他惊出一身冷汗,使劲收缩后腿,想把身子退上来。不料腿下只有光光的岩石,他越使劲身子就越往下滑。

这时,火光已经逼近,白卫冲在最前面,左手举着火把,右手握着一把闪亮的刀。他看见小白狼无路可逃,身子悬空,知道一切都在自己的掌控之中了,就一抬手,刀一横,示意大家都停下来。

白崖飞勉强能够扭过头来,一脸无助地望着白卫,喉咙里发出咕噜的响声。他本来想喊的是救命,可是,眼前站着的是人,狼的死神,是专门来要狼命的。对着死神喊救命,有用吗?所以,他最终没有发出一声像样的声音。

白卫一步步逼近，刀尖在前面指路。后面的人群发出喊叫："杀了他，为冲儿报仇！"他突然浑身一抖动，好像被什么击中。那一瞬间，他眼前浮现出冲儿的身影，冲儿被狼叼走的时候，也像这小白狼一样可怜无助吗？

他眼里涌出一股泪水，手也软了下来。他当然知道报仇，不是已经杀了狼王吗？一命抵一命。而且谁也看得出来，这只小白狼是不会对人造成伤害的。他习惯和强者对搏，面对毫无抵抗能力的小白狼，他下不了手……

白胡子腿脚不好，从后面赶上人群，挤到前面来，站在白卫身后，小声说："你必须杀了他，他已经看到你割下了狼王的脑袋，一定在心里想着，总有一天要咬碎你的脑袋！"

白卫脸上掠过一阵惊恐，侧头望着白胡子，好像白胡子会突然变成一匹狼。不过，他很快就缓过神来，点点头，向前跨出一步，弯下腰，刀尖直奔小白狼而去。

白崖飞一直用后腿压住岩石，不敢动弹，稍一闪失，就会掉落下去。而这时，白卫来到了悬崖边，火把照亮了他浑身的白毛，刀尖直逼他的脑门。他吓得身体一缩，后腿一松，忽地就向无底深渊掉下去。

白崖飞一声惨叫，伸开四肢在空中乱抓。悬崖很陡，崖壁上横生出一些灌木，他终于抓住了一根枝条，停止下落。不过，那根枝条并不粗壮，根本不能承受太大的重量，他死死抓住，身子晃晃悠悠，命悬一线。更要命的是，悬崖上的人能看得清清楚楚。

白卫向下望了一眼，又回头看白胡子。白胡子一言不发，接过白卫手中的火把。白卫明白自己该干什么，就把刀插在腰间,拿出弓,搭上箭,拉满弦……

就在这时,悬崖下面卷起一股风,随风升起一团黑影,越升越高,越扩越大,直到遮天蔽"月"。白卫惊呆了,抬起头,却看不出是什么怪物,箭头也抬了起来,手一抖动,弦一响,箭就朝黑影射了过去。

天空中发出一声怪叫,紧接着,一团火焰喷射过来,所到之处,草木着火,岩石烧焦。借着火光,白卫看到了天空中是一个张牙舞爪的怪物,吓得扔掉弓,调头就跑。跟在后面的人更是慌着逃跑,火把扔了一地。

白崖飞也被这突如其来的黑影吓得目瞪口呆。一股火焰从他头顶划过,烤得他头脑发胀,好像身子要燃烧起来。这种热度并没有马上过去,而是越来越烈,只一眨眼,他就感觉无法呼吸,大张着嘴,却发不出声,一口气没接上来,眼前一黑,掉落下去。

不知过了多久,白崖飞醒了过来,睁开眼睛,发现自己躺在山谷里。这山谷名叫死亡谷,据说谁闯进来,就休想活着出去。他吃了一惊,望望四周,天光大亮,不时有鸟的叫声,好像一切都非常正常,夜里的事情会不会是一场噩梦呢?

他吸了吸鼻子,闻到了一股焦煳味。他心里又一惊,这如死亡气息一样的煳味让他确定了自己不是在梦中,而是经历了一个噩梦般的夜晚。他爬起来,抬头向上望,高高的悬崖上半部分都被烧得焦黄。他能肯定自己就是从那里掉落下来的。可是,他有一点想不明白,这么高,正常情况下,应该是粉身碎骨呀,为什么自己毫发无损呢?

为了证实一下,他使劲扭动了几下身子,确实没有感觉有哪个部位不对劲。他长长地出了一口气，向前后望了望，都是望不到头的山谷。

该往哪边走呢？他又抬头望了望山崖上的焦黄地带，回想起怪物出现的情形，于是，决定朝相反的方向走。谁会迎着怪物去呢？除非脑子烧焦了。

他沿着山谷走了一会儿，突然听到头顶噼啪直响，吓得身子紧缩，以为怪物追上来了。等了片刻，并没有怪物冲过来，他才抬头细看，原来是山崖上有一团火还在燃烧，发出了响声。

奇怪，是什么东西能烧这么久呢？他正眯缝着眼睛望着那团火发呆，就听轰隆一声，火焰松动了从山崖上掉落下来，正是朝着他站的地方。他吓得飞快地跳出几步，好险，差点就砸到了他的腿。火团滚动了几下，撞到对面的崖壁才停下来。

白崖飞快速回过身来，盯着火团，确认不是怪物，才慢慢将身子放松。那不过是一块又大又圆的石头，可是，一块石头怎么会从夜里一直燃烧到现在呢？他虽然想不明白，但也不想纠结此事，迈开步子，小心翼翼地准备绕过火团，继续向前走。

他刚向前探出一步，又吓得缩了回来。因为那石头动了一下，带着火焰滚了过来，横在山谷中间，挡住了去路。火在石头上燃得起劲，噼啪作响。

这是什么石头呀，能这样一直燃烧？白崖飞满心好奇地伸长脖子，远远地打量着。火烧得正旺，烤得他额头发烫，眼睛也难以睁开。他向旁边侧了侧身子，想换个角度，能看得更清楚一些。突然，咯嘣一声，燃烧的石头开始炸裂，一片碎石带着火焰飞射过来，幸亏他闪得快，碎石撞在崖壁上，溅起一片火花。

他受惊不小,刚想喘口气,第二块碎石又飞射过来,紧接着是第三块、第四块……他左躲右闪,像只欢蹦乱跳的猴子,可不管他是向左边跑,还是向右边逃,碎石总是跟着他飞射。最后,他实在没劲了,就只好屁股冲火球头朝崖壁,趴在地上一动不动。

碎石反而不飞射过来了,接下来是一阵咯咯的笑声。他偷偷地转过头去一瞧,吓得浑身一哆嗦——我的神,这是什么怪物呀!

只见石头已经完全破裂,碎片散落一地,各自燃烧着,噼啪直响。就在碎石中间,站着一个瘦长的怪物,浑身金黄,蛇不像蛇,蜥蜴不像蜥蜴。怪物咧着一张大嘴,鼻子冒着烟,旁边还吊着几根胡须,眼睛突出,睁得溜圆,一脸得意扬扬。

白崖飞猛地转过身来,正面对着怪物,一脸警惕,随时准备迎接对方的攻击。可是,怪物并没有打架的意思,只是伸着懒腰,打着哈欠,一副轻松的样子,说:"可把我憋死了呀!"然后,一脚踢飞了一块碎石。

碎石险些砸到白崖飞的头,幸亏他躲得快。他站稳之后,才明白刚才就是这怪物故意在捉弄他,那些碎石都是怪物飞射过来的。他气呼呼地问:"你是谁?"

"我一直待在这个蛋壳里,昏天黑地,哪知道我是谁呢?"怪物突然眼睛瞪大,直视着白崖飞,似乎发现了新大陆,"唉,我来到这个世界上,第一个看到的就是你,你应该知道我是谁才对呀!快说,我是谁?"

白崖飞差点被绕晕了,不过,他马上想到一个新奇的问题,就问:"你说这是蛋壳,哪有这么硬这么怪的蛋壳?明明是石

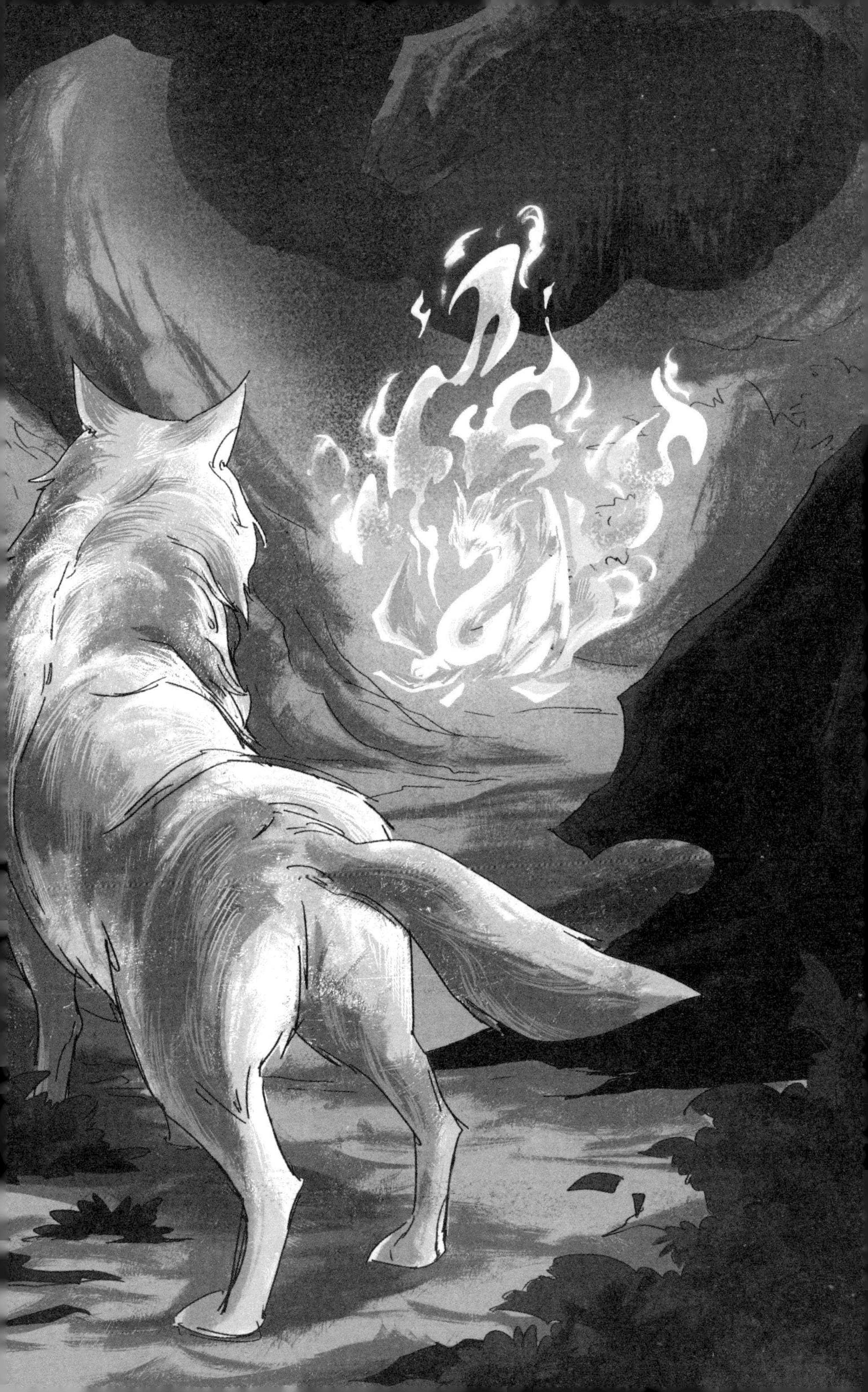

头嘛。"

"石头？哈——我能从石头里面蹦出来吗？真是笨到家了！"怪物说得兴奋，想冲过来抓白崖飞一把。

白崖飞连忙后退几步，躲开。他没见过这样不讲理的，简直就是神经兮兮的，懒得理会了。他看了一眼前方，说："算了，我们不是同类，你能站旁边一点，让我过去吗？"

怪物咧了咧嘴，心有不甘，又无话可说，只好向边上挪了挪身子。白崖飞就探着脚，避开地上的火苗，擦肩而过，向前走去。

当他终于走出山谷时，更强烈的阳光等着他，一下泼过来，他浑身不由抖动了一下，眼泪就涌了出来。他觉得自己好像是做了一场噩梦，爬出噩梦的山谷，一切都能像从前一样该多好呀！

然而，他知道现在已经不是从前，怎样回去见妈妈？怎样告诉她，自己看到的一切？望着如火的阳光，他轻轻地喊："爸爸，告诉我，我该怎么办？"然后，他就蹲在地上，呜呜地哭了起来。

4 狼后的嚎叫

"我是谁?"

突然有个声音发问,白崖飞吃了一惊,刹住哭,回头一看,怪物跟了上来。他没好气地说:"你,就是个怪物!"

"怪物是什么?"

白崖飞不想让自己难堪,就甩掉泪水,说:"你跟我不一样,难道你看不出来吗?"

"我是女孩子嘛,当然跟你不一样了。"怪物不好意思地扭了扭脖子,又得意地笑起来,"哦,这么说来,你也是怪物呀,因为你跟我也不一样。"

"离我远点,行吗?管你是男是女,别跟着我就行!"白崖飞懒得理会,甩下一句,就向前跑去。

怪物紧追不放,喊:"我一来到这个世界,看到的就是你,我不跟你,跟谁?"

"你爱跟谁是谁,就是别跟着我。"白崖飞快步向山上跑,"你再跟着我,我就……"他遇到了一块大大的岩石,怎么也爬不上去。

怪物从后面跟上来,轻轻地托了他一把,他就上去了。怪物笑着拍了拍手上的灰土,一纵身也爬了上来。

白崖飞暗吃一惊——没想到这怪物有如此敏捷的身手。他当然不会说谢谢，而是抬头望了望山上，马上就要到家了。他一脸担忧地望着怪物，说："你真的不能再跟着我了。前面就是我家了，到了我家就是到了狼窝，你会被他们生吞活吃的。"

"他们为什么要吃我呀？"怪物一脸不解，也抬头望了望山上。

白崖飞没想到这怪物会问这么弱智的问题，愣了一下，伸了伸脖子，才说："你看看你哈，长得这副模样吧，真是太——有想象力了。说好听的，就是与众不同、出类拔萃；说难听的，就是个纯种的怪物！"

"我来到这个世界就是这个样子，这叫自然天成，怎么是怪物呢？"怪物很生气，上前一把将白崖飞抓举起来，"我不是怪物，你再敢叫我怪物，我就把你摔成怪物！"

白崖飞吓坏了，连忙换成一副笑脸，说："你，当然不是怪物，只是长相和我们不一样嘛。这个，我已经给你想了一个好听的名字，就叫——黄小蛮。你看你浑身金黄，多合适呀！"

"嗯，这还差不多。"黄小蛮放下白崖飞，一脸的得意，突然眉头一皱，"喂，小蛮是什么意思呀？"

"小蛮，就是，这个……"白崖飞哽了一会儿，眼球转了三圈，马上笑着说，"温柔、体贴，你懂吗？就是这个意思。"

黄小蛮满意地点点头，又突然想起了什么，问："就因为我长得不一样，他们就要吃我吗？"

白崖飞这回把眼珠子快转掉了，也想不出答案，只好咬着牙说："反正就是这样，大家都是这么做的，不一样的就不能容忍。"

"哦，我知道了!"黄小蛮突然叫了起来，"他们一定是觉得我长得太美了，心里嫉妒得要命……"

白崖飞哭笑不得，只好点头，说："你说得对极了，他们就是因为嫉妒，就想要你的命。你说怎么办吧?"

"好办。"黄小蛮神秘地一笑，"你前面走，我随后就到。"

白崖飞无奈地摇了摇头，也不想再纠缠下去，转头就朝山上跑去。后面没有跟上来的脚步声，他稍微放心。不一会儿，就到了放着小男孩的山洞，再往前，就是自己的家了，他停下脚步，回头望了望，竟然没了黄小蛮的影子。他正纳闷，就见一匹浑身雪白的小狼从旁边岩石后面跳了出来。

他吓了一跳，因为这小狼和他长得一模一样，就问："你，是谁？我怎么从来没见过你呀?"

小狼笑了，说："我们刚才还在一起，怎么说没见过我呢?"

白崖飞惊得张大嘴巴，瞪大眼睛，问："你，是黄小蛮?"

"正是!"小狼得意地摇晃着尾巴，"这样，他们就不会吃掉我了吧?"

"可是，你跟我一模一样，这样你会吓坏我妈的。"白崖飞指了指旁边的洞口，"你赶快躲进去，我回家看看再说。我不叫你，千万不要出来。"

小狼听话地钻进了洞里。白崖飞这才放心地向家里奔去。

来到洞口，他不敢往里走了。一夜之间经历了这么多，他该怎么向妈妈说起呢？偷跑下山已经算一大罪过了，他还亲眼看到爸爸被那些人杀害，然后自己被人追杀，掉下山谷……妈妈知道这些会怎么办？

一想到爸爸，他心里就像刀扎。可他竟然还没有定下心来为爸爸哭一场，先是被人追杀的时候，他害怕；然后，遇见黄小蛮，他惊讶；现在又要去面对妈妈，他只有紧张。他真的非常痛恨自己，为什么没有时间悲伤？为什么？

他由于身体过于发紧，嘴里发出吱吱声。他以为会惊动妈妈，可是，好半天，洞里没有一丝动静。他鼓足勇气探头向里张望，没有妈妈的身影。他觉得奇怪，就钻进去，一直走到最里面，妈妈果然不在。

他转身出洞，想到处找找。这时，大灰狼如风正好路过。如风是狼王忠实的追随者，年轻的时候最能奔跑，得名如风。现在年岁大了，跑不快了，但每次还是跟随狼王出战。昨夜，他就是从山下逃回来的。

如风来到白崖飞面前，轻轻叫："孩子，你在找狼后吗？"

白崖飞点点头，一脸期待地望着如风。

如风摇了摇头，说："你不用找了……"

"怎么了？"白崖飞非常紧张，脸上瞬间被惊恐涂满，"她死了吗？"

"没有，别急，孩子。"如风向山下望了望，"我们昨夜从山下回来，狼王为了掩护我们，被人捉去了。狼后听说后，非常揪心，非要下山，我们怎么也拦不住呀！"

"你是说，我妈妈现在下山去了吗？"白崖飞盯着如风，一脸的责怪。

如风叹了口气，说："是呀，你知道那是多么危险，我们不能陪她去呀……"

白崖飞不想再耽误时间，一转身向山下冲去。如风望着小小的白色身影，轻轻摇了摇头。

白崖飞跑出一程，突然想起了黄小蛮，又折回到洞里来。

黄小蛮刚进洞的时候，心情还算放松，可一眼就看到里面躺着一个小男孩。她吓得就想往外跑，却发现男孩一点动静也没有。她就壮着胆子走过去，试探着喊了几声，还是没有动静。她就干脆拍了两下小男孩，问："喂，你是谁？"没有回答。她又问："你能告诉我，我是谁吗？"还是没有回答。她就一边推动着小男孩，一边说："醒醒吧，看你长成这种奇怪的样子，一定知道很多事情吧……"

白崖飞冲进洞里的时候，看到黄小蛮在和小男孩说着什么，吓了一跳，她怎么可以和一个死人说话呢？就大声质问："你在干什么？"

黄小蛮也不客气，冲过来对白崖飞压低声音说："小声点好不好，他睡着了。"

白崖飞一愣，看了一眼安静躺着的小男孩，还真像睡着了。他不想把真相说出来，就不再纠结，说："那就让他继续睡吧，快跟我走。"说完，就转身跑出洞。

黄小蛮跟在后面，不停地问："你这是要到哪里去呀？"

白崖飞心烦意乱，突然转头吼："你不问问题就不会走路吗？"然后，跑得更快了。

黄小蛮吐了吐舌头，就不再发问了，只是埋头跟着跑。不一会儿他们就下了山，前面是一片白杨树，树那边是房屋。突然，一阵刺耳的嚎叫传过来，吓得黄小蛮差点摔个跟头。她很不满地对跑在前面的白崖飞说："不准我发问，就准你叫唤，什么偏理……"

白崖飞也停下脚步，转头瞪着她，示意她别出声。这时，树林那边又传来一声嚎叫，非常凄厉。黄小蛮这才搞清楚状况，连忙冲到前面，想看个明白。

白崖飞两步赶过去，把黄小蛮撞到一棵大树后的土坑里，自己也跳下去，很严厉地说："再往前走就是人的地界了，他们会杀了你的。"

黄小蛮刚想给白崖飞点颜色看，听他这么一说，就把到嘴的火球吞了下去，探出头张望。不远处的一棵白杨树下，一匹母狼正端坐在地上，远望着村庄，那一阵赶一阵凄厉的嚎叫就是她发出来的。在村头，有一片空地，中间竖着一根高高的竹竿，竿头上挂着一颗血淋淋的狼头……

她很奇怪，想问问题，一转头，见白崖飞正强忍着哭声，泪水已经冲出眼眶，浑身在不停地抖动。她只好把问题吞回去，静静地等着，直到白崖飞身体慢慢放松，不再乱颤了，才试探着问："你哭了？"

白崖飞没有回答，而是向前探出身子，望着远方。这时，母狼的嚎叫声又传了过来，就像一把刀子从空气中划过。

黄小蛮也跟着探出身子，望着那匹母狼，问："她是谁？"

"我妈。"白崖飞的声音很小。

黄小蛮却大吃一惊，一脸怀疑地望着他，又问："那竿上挂的是谁？"

"我爸。"

黄小蛮终于知道他为什么会哭了，狠狠地瞪了他一眼，说："你还傻趴在这里干什么？过去救他们呀！"说着，狠狠撞了他一下，就先爬出土坑。

白崖飞不是不想过去,而是害怕人,那些人不仅凶狠、残忍,而且很会算计,一旦上当,就会丢命。可是,眼看着黄小蛮已经冲出去了,他也不得不跟上。

　　白崖飞刚刚爬出土坑,就听到有个低沉的声音吼道:"站住,再往前一步,就会死无葬身之地!"

　　白崖飞一惊,定在原地。

5 小白狼逃生

黄小蛮也停了下来,她不是吃惊,而是气愤,转过身来,一脸怒气地问:"你是谁呀?这么大口气,是想吃了我们,还是想吞了我们?"

白崖飞已经搞清楚状况了,连忙隔在中间,劝解说:"他是大灰狼,叫如风,放心,他不会伤害我们的。"

这时,如风已经从后面跟上来了,一脸焦急,说:"快,到坑里来趴下!没看见村头隐藏着那些人吗?他们就是在等我们上钩,进入他们的埋伏圈。"他一步跨上前,把两个小白狼都推进了坑里,自己也往下跳,一不注意,后脚被树枝绊住了,直接来了个倒栽葱,进了坑里。

他爬起来,一脸痛苦,后边的右脚显然受伤不轻。两匹小白狼都一脸同情地望着他。他没好气地说:"看我干什么?我看你们还迷糊呢,怎么突然出现两个狼公子呀?"

"这个,是这样的,其实我们……"白崖飞和黄小蛮对看着,一时也说不清楚。

"别说了,快看那边!"如风用嘴指了指。

两匹小白狼齐刷刷向村头望去。那里正冒出几个人,一起拿着弓,拉满弦,朝狼后放箭。狼后正在失声嚎叫,一阵箭过来，一支射中了她的右肩，她应声倒地。白崖飞惊叫了一声"妈妈"，就要往外冲。

如风挡住他，厉声吼道："你们就老实趴着，我可以死，你们可不行呀！"然后，他一纵身，跳出坑，一瘸一拐地向狼后奔去。

狼后倒在地上，血顺着肩流了一地。她已经没有力气嚎叫了，只是眼睁睁地望着村头，那里的竹竿上挂着狼王的头。

如风扑过来，二话不说，咬住箭杆，用力一拉，箭头就被拔了出来。狼后浑身抽动了一下，更多的血涌了出来。如风连忙用嘴巴含住伤口，慢慢地，感觉到血不往外流了，才松开。他望着奄奄一息的狼后，说："回去吧，在这里就是死路一条呀！"

"你以为我还想活着回去吗？"狼后轻笑了一下，"我到这里，就是要和狼王一起去。你回吧！"

"你我这把年纪，死不足惜呀！"如风望了望村头，那些人好像正在议论，他又收回目光，"可是，小公子就在不远处，要他也陪着我们一起死吗？"

狼后身子又颤动了一下，问："他，怎么会在这里？他，我找了他一夜，以为……他在哪里？快告诉我！"

"别急，来，趴在我身上。"如风趴下，等狼后趴上去，就准备背着走。

可是，他刚站直身子，就愣住了。人群已经逼近，不到三十米，围成了半包围圈，个个都是弓在手，箭在弦上。他知道自己已经走不了了，连忙放下狼后，把她护在身下，小声说："等他们放完箭，你再突然起身，逃！"然后，他静静地等待着。他没有丝毫的害怕，临死前能和狼后在一起，而且能掩护狼后，正是他想要的结局呀！

想当年，风华正茂，他和白背同时爱上了狼后，为了有个结果，他和白背公平竞争，单挑。他输了，白背当了狼王，娶了狼后。他也愿赌服输，死心塌地地做了白背的得力助手。一眨眼，过去了这么多年，没想到，他和白背都要先走一步了……

"住手！"没有等到箭雨，等来的是一声断喝。

白杨部落首领白卫赶了过来，及时止住那些弓箭手。他拨开人群，走到最前面，清清楚楚地看到了两匹趴在地上的老狼。他与狼打了这么多年的交道，非常了解狼道，也非常清楚眼前的这两匹狼是谁。他很尊重狼后，能为狼王豁出性命；更尊重如风，能冒死救狼后。

他摆了摆手，说："我让你们守在村口，只要狼群不冲过来就行了，谁让你们放箭了？"

大家只好搭下弓，箭头朝下，一脸的不解。

有人喊："一抬手就能消灭两匹狼，为什么不让？"

"是嫌这狼太老，肉咬不动吧！"

人群里一阵哄笑。

"狗扯羊腿！"白卫非常生气，怒视着人群，"你们懂什么？一天到晚只知道杀杀杀！"

人群沉默不语。这时，白胡子也赶到了，从后面挤了出来，看了看不远处的狼，对白卫说："斩草要除根呀！据我所知，这两匹狼都是狼族中举足轻重的角儿，现在不杀，恐怕后患无穷。"

"杀他们易如反掌。"白卫对白胡子非常尊重，口气马上平缓了，"可是，我失去的是儿子，如果不能亲手杀掉那匹小白狼，杀再多的老狼又有什么用？"

白胡子似乎明白了，轻轻摸了摸胡子，说："哦，昨夜掉入山谷的小狼并没有确定已经死了，留着老狼在，就不愁小狼不出现。好，真是技高一筹啊！"他故意把声音提高，让大家都能听到。

聪明一点的人已经开始点头，愚钝一点的人，也跟着点头。于是，白卫手一挥，说："回去！"

人群如潮水一样退去。

狼后惦记着小白狼，就问："飞儿在哪？"

如风背起狼后，向不远处的土坑里望了望，什么也看不到，就放心了，说："别担心，到了山上，自然就知道了。"然后，向山上走去。

狼后虽然已经气力不足了，但感觉依然灵敏，走出一段路，她问："你的腿坏了？"

如风咬着牙挺了挺身子，说："是呀，老了，不再是当年的如风了。"

狼后轻轻叹了口气，就昏睡过去了。如风驮着狼后艰难地沿着山路向上，身影时而穿过阳光，时而穿过树阴，仿佛远离了时间，远离了生死，只是走在一条为诺言铺展的路上……

黄小蛮看得眼热心动，一起身就要从坑里爬上去，却被白崖飞一口咬住尾巴，拖了下来。她很生气地回过头来，问："你想在这里一直趴着吗？"

白崖飞伸出前掌，一把将黄小蛮按倒在地，声音小而狠地说:"村口的人还在往这边望着呢,你找死呀!"他不敢追上妈妈,除了怕人看见,其实心里还有想法:两匹一模一样的小白狼出现在妈妈面前,怎么交代呀!

"我刚出生,未来的路还长呢,怎么就死呀活的,你能不能说点好听的?"黄小蛮很不服气,站直身子,伸了伸腿,又抖了一下身上的毛,好让自己漂亮些。

白崖飞急得就差喊她姑奶奶了,情急之下,就一头撞上去,将黄小蛮扑倒在地,威胁她说:"你再敢站起来,我就揍你,信不信!"

"你就是这样欺负一个女生的呀,好没风度!"黄小蛮干脆四肢一摊,两眼一闭,眉头一皱,一副失望的样子。

白崖飞马上意识到自己很失态,就连忙翻滚下来。就在这时,他看见村口的人们又开始聚拢,然后,往这边走过来了。他连忙推了几下黄小蛮,说:"快,睁开眼睛,看呀!"

黄小蛮不肯睁眼,还把头扭向一边,说:"你揍我,还要我睁开眼睛看,真是自恋到极点!告诉你,我闭上眼睛是给你面子。你动手吧,我不会还手的,我一还手,恐怕你的手就没有了……"

白崖飞听不懂她在说什么乱七八糟的,急得鼻子冒烟,狠狠踢了她一脚,说:"你再不睁眼,命就没了!"

黄小蛮一挺身站了起来,背对着村口,怒视着白崖飞,颤抖着嘴唇,说:"你,你,竟然踢我,真是没有修养到了极点。如果我这次原谅了你,我就无法原谅我自己,你得向我保证,马上保证……"

白崖飞望着越来越近的人群,急得都快吐血了,就大声地喊："我保证，再也不带你玩了！"

就在这时，嗖的一声，一支箭从头顶飞过，稳稳地扎在旁边的一棵白杨树上。黄小蛮吓得毛发倒竖，这才回头，终于看到了黑压压的人群。她大吃一惊，马上责问："你怎么不早告诉我呀？"

"早晚都一样，反正现在已经暴露了，谁也逃不掉了。"白崖飞已经能看清人的面孔，反而不急了。

"不，我能逃掉，你就趴在这里别动。"黄小蛮突然变得非常认真。

"什么意思？让我在这里等死，你想逃呀？告诉你，冲出去死得更快。"白崖飞鼻子里哼了一声，算是对她的报复。

黄小蛮并不介意，伸出前爪按住他的头，拍了拍，活像个大姐大，说："听我的，趴着别动。等我把他们都引开了，你就赶紧逃！"然后，她一纵身，跳了出去。

这次带头冲过来的是白卫，他一心要活捉小白狼，为儿子报仇。所以，刚才有人放了一箭，他就狠狠地踢了那人一脚，说："谁敢射死小狼，我就要他的命。都听好了，要活的！"

于是，大家都不敢放箭，只是快步往前冲，准备去包围那个土坑。可是，还没跑到，小白狼突然冲出了土坑，斜插过来，向山上跑去。大家连忙调转方向，穷追不舍。

白卫冲在最前面，以为用不了多久，就能把小白狼生擒活拿。可是，这小白狼似乎有使不完的劲，非常善于奔跑，总是不远不近地跑在前面。人群追紧了，他就快跑，人群累了放慢了，他也慢下来，好像有意在等候。

不知不觉，小白狼已经带着人群在山里面绕了个大圈子，并没有急着逃上山,而是一直就在离村子不远的地方打转。白卫感觉被戏弄了,就改变主意,说:"放箭,只要能射中他,重重有赏!"

一声令下,万箭齐发。小白狼吓坏了,左躲右闪,不敢再转圈子,直奔山林深处。白卫不慌不忙,抬弓搭箭,瞄准白点,嗖的一声,小白狼躲避不及,中了一箭,身子猛地摇晃两下,强撑着向前跑去……

6 意外重逢

白崖飞一直看着这一切,黄小蛮中箭的时候,他惊叫了一声。人们专注地追赶着黄小蛮,并没有听到他的叫声。等人群很快消失在树林深处,他就爬了上来,向黄小蛮逃走的方向望了望,一咬牙,就向相反的方向跑去。

快回到家的时候,他远远地就看见如风守在洞口。如风见白崖飞安全归来,非常欣喜,迎上几步,说:"你可回来了!哎,还有一个呢?"说着,还望了望山下。

白崖飞没有理他,直接钻进了洞里。妈妈已经醒来,卧在洞里,一见儿子回来,喜得眼泪都冲了出来,刚想起身,哎哟一声,又倒了下去。白崖飞连忙冲过去,一脸关切地问:"妈妈,你怎么了?"

"我,还好。"妈妈猛地咳嗽几声,看见跟进来的如风,就说,"这次多亏了如风叔叔呀!"

"我知道。"白崖飞一脸木然,头都不抬一下。

妈妈看出了眉目,就冲如风说:"你辛苦了,回去休息吧。儿子回来了,有个男子汉照顾我了。"她脸上全是欣慰和骄傲。

如风应了一声,就退了出去。

妈妈伸出嘴巴轻轻触了一下儿子,看到儿子,就有了活下去的信心，笑在不觉中爬上了嘴角。她望着儿子一身脏乱的毛，忽然想起了什么，问："你，到底到哪里去了呀？让我好找！"

"我在山下转悠……"儿子不想把自己经历的一切都告诉妈妈，就支吾起来。

"山下？"妈妈很着急，追着问。

"哦，是山谷……"

"什么？山谷？那可是有去无回的地方呀！"妈妈一脸的惊恐。

儿子连忙改口，说："是从山谷边上走过，到村口转悠……"

"村口？你都看见了什么？"妈妈一脸的担忧。

儿子吞了吞口水，说："什么也没看见，玩累了，就睡着了，后来就回来了。"

妈妈早就看出了儿子在撒谎，继续追问："这么长时间，你和谁在一起玩呀？"

"我，没有和谁呀！"儿子不敢说出黄小蛮，怕越说越说不清楚，"就我自己呀！"

"就你自己？"妈妈眯缝着眼睛打量着儿子，"如风说还有一个跟你一模一样的小白狼，是怎么回事？"

"别听他胡说！"儿子突然叫了起来，情绪非常失控，"你要再问个没完，我就要下山去玩了！"

妈妈连忙变作笑脸，闭上嘴巴。儿子也觉得脸红，就安静下来了，乖乖地在妈妈身边躺下。妈妈身体虚弱，一会儿就睡着了，儿子却怎么也睡不着，眼睁睁望着洞口。

太阳下山了，月亮出来了。白崖飞轻轻爬起来，悄无声息地摸出洞口,来到一块大岩石上,蹲着发呆。

他心里念着黄小蛮:这个怪物,真的是不一般,为了掩护我,能够舍掉自己的性命——那可是刚刚出生的新生命呀!

想着再也见不到黄小蛮了,还有爸爸的惨死、妈妈的受伤,他不觉一阵阵刺痛,泪流满面。月亮很圆,就像他的心,装满了忧伤。他多想仰天长嚎,可又怕惊动了妈妈,就只好紧闭嘴巴,重重地抽泣起来。

突然,不远处的树林一阵响动,一个影子闪过。他惊得停止抽泣,警惕地盯着。那影子被树影遮着,无法看清,只看见黑影向这边移过来。要在平时,白崖飞肯定会转身跑回去,呼叫援兵。可是现在,他觉得没必要惊动大家,不管是谁,只要偷偷摸摸地来犯狼窝,他就要给点颜色瞧瞧!

白崖飞连忙从岩石上翻滚下来,像个训练有素的癞驴,三下五除二,就滚到了岩石下边,躲了起来。

黑影摸了过来,小心翼翼,鬼鬼祟祟,东张西望,总之一看就不是什么好东西。白崖飞决定先下手为强,一个飞跃扑了过去,准备一招制胜。可是,他着地之后,发现身下并没有求饶的声音,再细看,自己扑在了一团刺壳上,扎得浑身疼痛难忍。他大叫一声,跳了起来,看见身后有个影子,就顾不得疼,转身又猛扑过去。

那影子一闪,白崖飞又重重地撞在岩石边上,嘴巴一阵肿胀。他不顾自己的嘴脸,又要扑那黑影。这时,月光正好照到黑影,他看清了,是黄小蛮,已经还原成黄色的怪物了。

白崖飞惊得张大嘴巴,好半天才说:"你,还活着,是真的吗?"

"当然，这不是好好的吗？"黄小蛮扭动了几下身子，"不欢迎我呀？"

"欢迎，热烈欢迎！"白崖飞咧着嘴傻笑了两声。

黄小蛮斜了他一眼，说："刚才太热烈了，我实在受不了！"

"是呀，我也受不了。"白崖飞感到肚皮疼，就收了收肚皮，感到嘴巴疼，就歪了歪嘴巴，不过，这些都不是最紧要的。他试着扭了两下脖子，感觉一切安好，就抓紧问："我明明看你中了一箭，然后……"

"哦，那一箭正射在我的屁股上。我忍着痛，跑进了山谷里。说来也怪，那些人都不敢往山谷里来了……"

"你是说死亡谷吗？"白崖飞打断话，一脸的紧张，"后来发生了什么？"

黄小蛮摆了摆手，说："什么死亡谷？明明就是我出生的山谷嘛，应该叫新生谷才对呀。"

"好，好，管他是什么谷，你只说后来怎么回事？"白崖飞非常着急，好像有蚊子叮在屁股上，用力地扭动了一下屁股。

黄小蛮却一点也不让步，一叉腰，说："就是新生谷，你不答应，我就不告诉你。"

白崖飞急得原地跳了两下，咬着牙说："好，是新生谷，是新生谷。新生谷里到底发生了什么？你快说呀，我的姑奶奶！"

"其实也没什么。我已经疼得受不了了，就只好晕过去了。"黄小蛮说得很平淡，一副见多识广的样子。

白崖飞一脸疑问："你的伤是怎么回事呢？"

"我也不知道，反正醒来的时候，插在屁股上的箭就不见了，屁股也不疼了。"她突然把身子扭过来，冲着白崖飞，"我没骗你，你看，还有新伤疤呢！"

白崖飞凑近，借着月光细看，果然有个新伤疤。他皱着眉，不禁又想起了自己掉落山谷的情形：一团黑云遮天蔽"月"……

白崖飞仿佛从梦中惊醒，连忙把脸侧开，说："我只是在想，这件事情很奇怪。你的箭是谁拔的？你的伤是怎么好的？"

"别想了！"黄小蛮凑过来，说，"不过，你这伤其实很简单，我来治治。"

说着，她一伸手，拔掉了白崖飞肚皮上的一根刺，他马上就觉得舒服多了。她又伸出两只手，夹住他的嘴巴用力一拍，咯啪一声响，他马上就觉得嘴巴不再肿胀了。

白崖飞直直地盯着她，一脸惊讶，外加佩服。他简直不敢相信，黄小蛮就像个狼族老手，手到病除。

"你不要这样看着我，你这种眼光会让我们变得陌生的。"黄小蛮说着，就伸手过来搭他的肩膀。

"没错，我确实有点不认识你了。"白崖飞后退了一步，让她的手落空，还是直直地盯着她说，"你应该不属于我们这个山头的，也不是我们这个世界的。你到底来自哪里？"

"你的脑袋怎么慢这么多拍呀？我们刚见面的时候，我就问你，我是谁？你没告诉我。"黄小蛮一把提起白崖飞，放到一个高高的树杈上，"现在你又问我来自哪里，我来自山谷，你满意吗？告诉你，这就是我知道的一切！"说完，她放声大笑，是一种伤心的笑。

白崖飞看了一眼树下，好高，吓得一哆嗦，抓紧树枝，说："你快放我下来，这玩笑开得太高了！"

"我没和你开玩笑，你得帮我想个办法，搞清我的来历。"她说着，还伸手摇晃两下树干，吓得白崖飞快哭了，"要不然，你就要以树为家了。"

"亲亲，宝贝，姑奶奶，快放我下来，我，已经有办法了。"白崖飞咬牙切齿地求情。

黄小蛮一伸手，把白崖飞提起来，放到地上，就等听办法。

白崖飞哪有什么办法，着急落地，就先撒了个谎。现在，他不得不提心吊胆地想办法，眼角瞟着黄小蛮，见她已经不耐烦了，后果大概又是上树。他不敢再犹豫，就先胡扯起来："这个，你看哈，如果你是狼，那么，你变成狼形，就会很舒服。以此类推，如果你是人，那么，你变成人形就会很舒服。如果……哦，总而言之，言而总之，你变成什么感觉最舒服，你就是什么。"

"如果我变成什么都不觉得舒服呢？"

"那就证明，你不是这个世界的。你懂的，嘿嘿！"白崖飞故意神秘地笑了笑。

"胡扯！"黄小蛮显然不满意，又把手伸了过来。

白崖飞一闪身躲开，说："我没时间跟你胡扯了。我妈妈伤得很重，我不能离开她太久，得回去照顾她了。"说着，就要走。

黄小蛮扯住他，说："我也要去。"

"你还是在这个洞里藏起来吧！"他指了指不远处的小洞，"你这个样子去，会把我妈妈吓倒的。"

"我会变呀！"黄小蛮就地一滚，又变成了一匹小白狼。

"你以为你变成狼就是狼了?"白崖飞生气了,"你这种样子会更让我妈妈害怕的。你想呀,她伤病那么重,一睁眼看到两个儿子,她会以为自己神志不清。她如果再受刺激,真的伤不起了。"

"哦,那我该怎么办?"黄小蛮实在觉得他说得有理。

"还要我说第二遍吗?"白崖飞一侧身,让出一条道,直通旁边的洞口。

黄小蛮看了他一眼,有点不舍,但还是低着头走过去,钻进了洞里。她趴在洞口,望着白崖飞远去的身影,叹了口气:"唉,我要是他该多好啊!不仅知道自己是谁,还有个妈妈在洞里等着……这样,应该就是世界上最完美的事了吧。"

7 横扫狼窝

白卫本来以为可以猎杀小白狼,一只中箭的小白狼,就算跑得再快,也逃不过他的手掌心了。可是,小白狼偏偏又逃进了死亡谷。那是个鬼进鬼死,妖进妖亡的山谷。他不得不收兵回村。

回到村寨,白卫一直闷闷不乐——不是因为放走了狼后而后悔,也不是因为没追上小白狼而痛恨。按理说,他跟狼族这一战,应该算是大获全胜。狼王已死,头颅就高悬在村口,狼后和小白狼也都中箭,生死不明。说报仇,应该是已经报了吧,可心中就是像被棉絮塞着,不痛快。

白胡子看在眼里,试探着问:"咱们是不是趁此机会,一举攻上山,灭了狼族?"

白卫摇了摇头,叹了口气,说:"灭了狼族,对我又有什么好处?我要的是我的儿子,就算杀尽所有的狼,我的儿子能复活吗?"

白胡子摸着胡须,眯缝着眼睛思索片刻,点了点头,有了主意:"冲儿是死是活,谁都不能确定。我们只有扫平狼穴,才能搞个水落石出。"

白卫眼睛一亮,似乎看到了一线希望,不过,目光马上又暗淡了,摇了摇头,说:"怎么可能?你认为狼会把一个人圈养起来吗?"

"就算只能找到冲儿的尸骨,也可以为他招魂,让他入土为安呀!"白胡子非常坚定地注视着白卫,"下命令吧!"

白卫一想到儿子,就心如乱麻,但他知道,白胡子是值得信任的,于是,就点了点头。

黄小蛮虽然答应了白崖飞,乖乖地待在山洞里。可是,那么小一个山洞,里面还躺着一个死人,她怎么玩呀?夜深林静,她怎么也睡不着,就干脆爬起来,决定去看看白崖飞。

月亮很圆,她能清楚地看到一条通往山上的路。没费多少劲,她就偷偷摸到洞口,向里张望,黑乎乎的,什么也看不见。她不得不轻手轻脚地摸进去,借着月光,慢慢地看见了白崖飞,他正蜷着身子,躺在妈妈身边,睡得香呀!

黄小蛮被这一幕迷呆了,多温馨多感动呀!她愿意付出一切,如果能得到这些——唉,为什么现在不加入呢?她灵机一动,偷偷笑了一下,就挨着白崖飞躺下。她要好好感受一下这温馨时刻。

都怪她那不争气的尾巴伸得太长,一下把白崖飞戳醒了。白崖飞迷迷糊糊地睁开眼睛,等搞清楚状况,就毫不客气地一口咬住黄小蛮耳朵往外拖。

黄小蛮疼得龇牙咧嘴,也不敢作声,乖乖地跟着出了洞,走出一段距离,才喊:"快松口呀,我的耳朵要掉了!"

白崖飞松开口,但还是一副不依不饶的样子,问:"你到底想干什么?你这种怪模样,深更半夜到处乱跑,小心被当鬼收拾了!"

"我,我只是……"黄小蛮一时也说不清自己的想法,只能低着头,像在认错。

白崖飞更加理直气壮了，上前一步，说："你要么待在下面洞里，要么离开这里永远不要再回来！"然后，猛地推了黄小蛮一下。

黄小蛮没有防备，直接栽倒在旁边的低洼里。她很快爬了起来，摔得不疼，可是，心疼，眼泪就止不住流了出来。她直直地盯了白崖飞一会儿，然后，一转头向山下走去。

白崖飞望着她的背影，心发软了：我是不是对她太狠了点儿？可是，要治她这种野蛮行为，不狠一点怎么行呢？

黄小蛮回到洞里，抽泣了一会儿，攒足了鼻涕，一甩，啪的一下全部落在了小男孩白步冲身上。她不好意思地看了他一眼，说："你比那个可恶的白崖飞要强一百倍，起码你不会赶我走，就连我的鼻涕你也不嫌弃。"

男孩当然没有回应。不过，她不在乎，伸了个懒腰，就挨着男孩睡下了。

醒来的时候，天光大亮，黄小蛮长长地伸了个懒腰，手背触到了身边的男孩。她愣了一下，爬起来，凑近细看，怎么都觉得男孩像是睡着了。于是，她忍不住伸手拍了拍男孩的脸，喊："喂，醒醒，总这样装睡，累不累呀？"

男孩没有任何反应。黄小蛮觉得没意思，就来到洞外，准备好好享受一下阳光浴。她沿着山崖走了一会儿，突然看到远处有异样的动静，山腰树林里有许多影子在晃动。她趴下细看，是村子里面的人，他们正弯腰悄悄地向山上摸来。

黄小蛮吃了一惊，转身就往山上跑，没跑多远，迎面撞见了白崖飞。

白崖飞拦住去路，没好脸色，说："我就知道你会往山上来，早早在这防着你。你就不能安静一会儿？"

"我，你，"黄小蛮一时说不清楚，指着山下，"有人……"

"我当然知道有人，就跟你在一个山洞里嘛。"

"不是，我，"黄小蛮原地打了个转，把自己转晕了，"很危险了！"

"哼，有没有危险，我比你更清楚。请回洞！"白崖飞头一扬，非常坚决。

黄小蛮更急了，跺着脚说："可是，你们，会很危险……"

"请回洞！"白崖飞根本不想听她多说一个字，"或者永远离开这里，不要来打搅我，你不明白吗？"

黄小蛮像被石头哽住了喉咙，脖子一硬，片刻，头就低了下来，毫无办法，说："好吧，我回洞。"然后，转身下山。

黄小蛮走出几步，还是不甘心，就回头望。白崖飞还站在原地，跺两下脚，赶她快走。她只好乖乖地钻进了洞里。

白崖飞听到妈妈在喊，就连忙向山上跑，回到洞里。

妈妈躺着，还是不能起身，只是侧着脸望了望洞外，问："外面发生什么事了？"

"没，没有了。"白崖飞为了让自己放松，故意摇晃着尾巴，"一个小伙伴要跟我玩，我不愿意，就吵了几句。"

"你为什么不玩呢？"

"我，我要回来照顾你呀！"白崖飞说着，还上去亲了妈妈一口。

妈妈露出了幸福的笑。可是，笑刚绽开，洞外又响起了嚎叫声，好像漫山遍野都是奔跑的脚步。妈妈一惊，问："这又是怎么了？"

白崖飞跑到洞口扫了一眼,只看到好多狼都从洞里跑了出来,四处乱窜。他回到妈妈身边,说:"也许是老狼们吵起来了吧!"

　　"今天是什么日子?小狼吵完了老狼吵。"妈妈嘀咕着。

　　这时,如风冲了进来,二话不说,驮起妈妈就往洞外走。白崖飞不干了,他一口咬住如风的尾巴,喊:"放下,放下我妈妈!"

　　"快跟着我走,到山的那边去。"如风大声喝道,"到处都是人,杀上来了,全完了!"

　　白崖飞这才搞清楚状况,跟着跑出洞口,一看,果然到处都是人,握刀的,搭箭的,逢狼就砍,见狼就射,好多狼已经惨死,横倒在路上。他吓得心惊胆战,跟着如风往山顶跑。翻过山顶,也许就能找到躲藏的地方吧。

　　快跑到山顶的时候,他突然想起了黄小蛮还在洞里,就连忙调头向山下跑。如风回头喊了两声,也没应,只好不管了。妈妈趴在背上,说:"他疯了吗?他到底要干什么?"

　　白崖飞像疯了一样往山下跑,迎面撞上许多奔跑上来的狼。那些老狼都冲他喊:"跑错方向了,往山上跑!"

　　白崖飞不理,向山下飞奔。那里的山洞里还有黄小蛮,是他把黄小蛮赶进洞里的,如果黄小蛮出了意外,他才真是错了。

　　白崖飞冲进洞里,黄小蛮异常惊喜,一把抱住他,说:"你终于肯来跟我玩了!"

　　"我不是来跟你玩的,快,逃命吧!"白崖飞一把推开黄小蛮,甩了一下头,示意她跟上,转身就往外走。

　　他刚来到洞口,又连忙返了回来,因为人已经向这边靠近,没有办法再跑出去了。

黄小蛮正跟着往外走，刹不住，跟白崖飞撞了个头对头。她奇怪地问："为什么不逃了？"

"外面都是人，逃得越快，死得越快！你怎么什么都不知道呀！"白崖飞撞疼了鼻子，没好气儿。

黄小蛮倒是很平静，说："我什么都知道呀，一早上我去找你的时候，就知道有人来了。"

"什么？你说什么？"白崖飞简直不敢相信自己的耳朵，"你知道有人来了，为什么不告诉我？"

"我告诉你了，我说有人，危险。可是，你只要我进洞，我有什么办法呢？"黄小蛮一脸的无辜。

白崖飞这才明白早上完全误解了她，他悔得只想撞墙。

可是，他连撞墙的机会都没有。就在这时，一只老狼哀嚎着冲进洞来，身中好几刀，浑身是血，两腿直晃，一下就倒在地上。几个人正呐喊着向洞口围拢过来。

老狼躺在地上，非常吃惊，说："我，没想到你们会在这里。别怕，我去把人引开。"然后，他咬牙爬起来，调转身子，头朝洞口，狂吼一声，就冲了出去。

人们一阵喊杀，乱刀之下，老狼眨眼之间血肉横飞，重重地栽倒在地，没了动静。

杀完老狼，人们并没有离开，而是探着头向洞口围拢。他们显然已经知道洞里还藏着狼。

白崖飞和黄小蛮都被洞外的一幕吓坏了，缩着身子往洞里面挤。可是，他们非常清楚，已经无处可逃，等待他们的只有死路一条。

8 黄小蛮变身

没有了退路,黄小蛮反而清醒了,突然想起了新问题,推开挤到一堆的白崖飞,说:"不对呀,人都是冲着狼来的,我又不是狼,他们为什么要杀我?啊,没有道理呀!"说着,她两手一摊,好像她的生死由白崖飞决定。

白崖飞奇怪地望着她,眉头皱成疙瘩,半天才摇了摇头,说:"人不仅仅杀狼,他们杀所有不同类的物种。就你这种怪模样,不仅不同类,简直就像来自另一个世界,他们会下手更快的。"

黄小蛮吃了一惊,后退一步,问:"这么说,他们会先杀我?"

白崖飞望了望洞口,那里的人正在试探着往里瞧,不敢马上闯进来。他摇了摇头,说:"你不是会变形吗?你只要改变现在这个样子,就可以不死。"

"好的,我明白了。"黄小蛮一蹲身子,一转圈,就变成了白崖飞的模样。

白崖飞急得恨不得踹她一脚,咬了一下牙齿,说:"你变成这种样子,不是陪着我一起死吗?"

"那,我该变成什么样子呀?"黄小蛮吓得后缩了一下,生怕被咬一口。

白崖飞用嘴巴指了指躺在旁边的男孩,说:"变成他,你不想死就快点!"

黄小蛮像个听话的小学生,连连点头,认真地瞧着男孩,然后,一蹲身子,一转圈,就变成了男孩的模样。但是,她马上就觉得不对,说:"这有两个男孩,怎么办呀?"

白崖飞又看了一眼洞口,有人已经试探着跨进来了。他焦急地说:"你,得跟他合成一个,试试看,进到他的身体里面去。"

"我,怎么进去呀?"黄小蛮盯着男孩,一脸的为难。

"好,让我来帮你!"白崖飞猛地一头撞到黄小蛮的身上。

黄小蛮没有防备,一头栽倒在男孩身上。她刚想爬起来跟白崖飞讲道理,一抬头,看见几个人已经提着刀摸过来了。她吓得只好拼命地往那个身体里钻,眨眼间,她真的成功了。男孩动弹起来,眼睛突然睁开,一会儿伸手,一会儿蹬腿,还不停地咳嗽。

"憋死我了,好难受呀,能不能让我出来?"男孩身体里发出了声音。

"你是想憋闷地活着,还是想痛快地死?想好了告诉我!"白崖飞毫不客气地伸出前爪,重重地压在男孩身上。

这时,几个人已经冲到面前,高举着刀,团团围住。白崖飞吓得向后退了几步,一屁股坐在地上。冲在最前面那人举刀就朝白崖飞砍来,白崖飞无处躲闪,只有闭上眼睛,等待……说时迟那时快,男孩翻身起来,一头撞开那人,刀刃重重地砍在旁边的岩石上,闪出一片火花。

男孩又一纵身跳过去，用整个身体压住了白崖飞，严严地护在身下。那人还想再次举刀，就听身后大喝一声："住手！"

白卫提着一把刀赶了进来，狠狠地瞪了举刀的人一眼，然后把自己的刀插到背后。他走上前来，伸出双手，手在不停地颤抖。他的声音也受到影响，颤抖着："冲儿，你还活着？这是真的吗？"

男孩放开白崖飞，转过头，一脸陌生地望着白卫，问："你是谁？"

白崖飞被压得毛发蓬乱，来不及整理，就小声说："他是你爸爸，你是他儿子，懂吗？"

男孩很乖地点点头。

白卫看到儿子和小白狼如此亲密，百感交集，马上传令："停止杀狼，收兵！"

白胡子正好跟了进来，凑到白卫身边，小声说："这次机会难得呀，我们应该一鼓作气，端掉狼窝……"

白卫一抬手打断，说："马上收兵！"

白胡子只得转身冲后面的人挥挥手，大家都散出去，向四面八方的人传令。

洞里空下来，出奇的静。白卫往前凑了一步，想伸手摸男孩，男孩猛地向后缩了一下，躲开。白卫只好收手，问："冲儿，你还好吗？"

男孩愣着，不知说什么。白崖飞偷偷踩了一下他的脚，他疼得叫了一声。

白卫笑了一下，问："怎么了？"

男孩这次开口了，说："没事没事，我们闹着玩呢！"

"看得出你们俩很合得来,那就把他带上,一起回家吧!"白卫一伸手,抓住了男孩的手,就往洞外走。

男孩非常害怕,一伸手也抓住了白崖飞,拖着一起往外走。白崖飞怎么挣扎,男孩就是不放,急得暗暗骂:该死的,放开我呀!

白卫看在眼里,嘴角泛起了笑,来到洞外,冲大家一挥手,说:"下山,别忘了带上小白狼。"

白崖飞一听这话,吓得猛向后缩,挣脱男孩的手。一个光头猎人靠拢过来,伸出双手想捉住白崖飞。白崖飞夹紧尾巴,靠紧岩石,拉开嘴唇,露出牙齿,做出一副要咬人的架势。那光头吓得后退一步,拔出刀,横在胸前,恶声恶气地吼:"小杂种,信不信我一刀劈了你!"

白崖飞一看到刀口寒光闪闪,就把身子向后一缩,准备一跃而起,扑倒光头。

"混蛋!"白卫大喝一声,冲上来,一把推开光头,"谁让你动刀了?"

光头脸涨得通红,爬起来,气呼呼地走到一边去了。白卫走到男孩身边,拍了拍他的肩膀,说:"儿子,还得你去。"

男孩看了白卫一眼,就走到白崖飞面前,蹲下身子,伸出手想抱。白崖飞猛地撞了男孩一下,说:"你想干什么?"

男孩后仰了一下,稳住了脚跟,笑了,说:"别那么紧张呀,我抱你下山。"

"休想!"白崖飞脖子硬硬的,"你把我带下山去,想让他们把我杀了烤了吃了吗?"

"啊,这么危险呀?我也不能跟他们下山了。"男孩一脸的笑马上变成了焦急。

白崖飞看了人群一眼，说："你现在已经是个人了，他们不会对你怎么样的。"

"只要有我在，他们也不会对你怎么样。"男孩拍了一下手，伸出去要抱，"你不去，我该怎么办呀？"然后，一把抱起白崖飞，走到人群里。

白卫惊讶地盯着男孩，说："冲儿，你刚才在和他说话吗？你什么时候学会了狼语？"

男孩不好意思地笑了笑，说："会说一点点，都是他教我的。"说着，用手轻摸着白崖飞的毛。

白崖飞想挣脱，可是，被抱得死死的，动弹不得。他气呼呼地说："你放手！放手，懂不懂放手！"

男孩假装没听见，跟在白卫身后，一起下山。

白胡子跟在最后，一直眯缝着眼盯着男孩。这个白杨部落，他是活得最长的了，可是，他从来没见过一个人能和一匹狼这样亲密，也从来没有见过谁会狼语，心中勾起了大大的问号——这怎么可能呢？

一路摇摇晃晃，晃过了浓密的树林，晃过了一片草地，眼看就要到村落口了，白崖飞知道自己已经没路可逃了，这一切都怪这怪物黄小蛮，不，现在她已经变身成了部落首领的儿子白步冲。是不是一变成人，心也像个人了？

"别找茬儿，马上到了。"白步冲捏了一下白崖飞，"我是第一次到这村落里去，紧张得心都要从口里跳出来了。"

白步冲前后看了看，都是人，自己被夹在中间，"你得考虑怎么保住脑袋。"

白崖飞果然不说话了，张着嘴巴，两眼直直地望着天上。白步冲还以为是自己的话起了作用，正得意，一抬头，就傻眼了。已经走到了村口，高高的杆头挂着一个脑袋，是狼王的。

　　白步冲满心的愧疚，真恨自己不该说什么"脑袋"，连忙把自己的脑袋伸出去，想尽量遮挡住白崖飞的视线。

　　白崖飞无视他的脑袋，目光透过他的脑袋，看着竿头的脑袋，仿佛看到爸爸那从容而坚定的面容。他突然觉得世界安静下来，人声的嘈杂退到千里之外，天空猛烈摇晃起来，好像要倒塌过来变成地面了，阳光像一把把刀子从天空划过，变成了刺眼的光柱，终于把倾斜的天空支撑住了。

　　就在这一瞬间，白崖飞改变了主意，在心里告诉自己：要进到村子里去，要和人混在一起，因为这里是爸爸死去的地方。爸爸的头还挂在高高的杆上，魂也一定在这里不曾离去。

　　他暗暗发誓，要让爸爸魂归山上，那里才是他安息的地方。

9 入住村落

白步冲能从狼窝里活着回来,简直就是奇迹。白卫举办了盛大的庆祝会,全村人大吃大喝,酒桌就摆在村子中央,从东到西望不到头,从白天一直闹腾到深夜。

月亮出来的时候,大家喝得兴起,气氛正浓,白卫牵着白步冲沿着酒桌挨个敬酒,让白步冲喊这个二姑那个三姨,这个五叔那个六舅。白步冲就傻傻地跟着叫着,其实他一个也不认识。他闻着飘过来的酒味很难受。他一点也不喜欢酒的味道。

白步冲只好硬着头皮跟着白卫,酒桌还没走完一半,就觉得头重脚轻了。他感觉自己不行了,否则,心中藏着的东西就会冲出身体,露出原形。他一回头,看到白崖飞正在远处蹲着,一脸坏笑。一股气冲上脑门,他灵机一动,一头栽倒,双眼紧闭。

人们都吓得不轻,纷纷起身围拢。白卫伸手摸了摸白步冲的脸,发烫,再摸鼻子,有气,就笑着摆了摆手,说:"没什么大问题,来人,抬走。"

两个壮汉跑过来,一前一后,把白步冲抬走了。白卫挥了挥手,喊:"大家接着喝,不醉不归!"于是,人们又回到桌边,喝成一团。

两个壮汉把白步冲抬进卧室，放到床上，问："有什么要帮忙的吗？"

白步冲无力地摆了摆手，说："去吧，我想静一下。"

两个壮汉退了出去，把门轻轻掩上。

白步冲虽然是假装晕倒，但身体确实有点难受，想好好休息一下，此时能够躺在床上，真是胜过活神仙呀。透过窗口，远处是嘈杂的人声，闪动的火光，和夜搅拌在一起似乎更有了睡意。他长长地出了一口气，准备美美地进入梦乡。

梦还在路上，门就吱的一声开了。借着窗口的光，他看见白崖飞闪了进来，就假装睡着了，偏不理会。

白崖飞轻手轻脚地摸到床前，定定地看了白步冲一会儿，见他呼吸均匀，就放心了，转身在墙角的一块软垫子上躺下。第一次躺在人的房间里，他觉得好怪呀。四壁是那样光滑，屋顶是那样高大，还有精致的窗、床、桌椅，一切都和狼的洞穴不同。人，真的是不可思议……

突然，门响了一下，很轻，门缝里闪进一个黑影。白崖飞警惕地盯着，屏住呼吸。那黑影悄悄地摸到了床边，伸出手，指向白步冲的脑袋。

白崖飞刚想跃起，就听哎哟一声，那黑影叫了起来："你抓疼我了，放手呀！"

"你偷偷摸摸想干什么？"白步冲已经挺身坐了起来，一只手死死捏住黑影的手腕。

"我是毛癞，你怎么连我也不认识了呢？"

白步冲愣了一下，松开手，看清来者是个小男孩，光头，一头的癞疤，就笑着说："哦，是你呀，我当然认识。不过，你认识我吗?"

毛癞揉着手腕，嘟着嘴，说："我们俩是从小到大的朋友，你怎么问这种疯话呢?"

"既然是朋友，你为什么要偷偷摸摸呀?"

毛癞挠了挠后脑勺，说："大人都在喝酒，我就想来找你玩嘛。我是怕吵醒你，才偷偷进来的。"

白步冲一只手搭到毛癞肩膀上，说："对不起，刚才太黑了，我没看清是你呀。"

"没关系。"毛癞笑了，吸了吸鼻子，"给我讲讲狼窝里的事吧。"

白步冲愣了一下，看见墙角的白崖飞，有了主意，就拍拍毛癞的肩膀，一指墙角，说："你还是让他给你讲吧。"

毛癞一回头，看见狼就在身后，吓得大叫一声，蹦到床上，躲到白步冲身后，紧紧抱着他不放。

白崖飞真有点不高兴了，恨不得冲上去咬掉那毛癞头，定睛一看，白步冲一点也不生气，人家正一脸笑样摸着毛癞头左一声别怕右一声不怕呢。他在心里恨恨地说：那毛癞头摸着舒服吧！

白步冲轻轻分开毛癞的手，下床摸了摸白崖飞的毛，说："他也是我最好的朋友，你们俩就算是朋友了。"

毛癞还是缩在床上不敢下地，胆战心惊地说："你让他出去，行吗?"

"不行，他就和我住在一起。"白步冲很坦然地说。

毛癞抿了抿嘴巴，说："好吧，你看好他，我这就出去。"说着，他就从床上直接翻过窗子，跳了出去。

白步冲追到窗边，一脸失望地摇了摇头。

白崖飞没好气地说："看来，你还挺喜欢他的。"

"不要乱说呀！"白步冲回过头来，摆了摆手，"我是在想，人和狼为什么要搞得这么紧张呢？"

"你该不是想把所有的人和狼都搅和到一起来吧？我看你脑袋怎么长的，简直是疯了。"白崖飞的话硬得像石头。

白步冲并不介意，笑了笑，说："我还没那么远大的理想，我呀，只是想让你在这里过得舒服一点，起码应该和毛癞关系融洽一点吧。"

白崖飞上前一步，直视着，眼睛里冒火，说："你变成个人样，就真的以为自己是个人了吗？这么快就在为人说话了。"

"别忘了，是你让我变成这样的，这是我们活下去的唯一办法。"白步冲也有点火了，"我现在是白杨部落首领的儿子，你说我该怎么办？你教我呀！"

白崖飞突然感觉他们的心离得那么远，远得就像世界两端。从这一刻起，他再一次意识到自己是孤立无援的。他能做的只有沉默。

白步冲也不想吵架，就回到床上，躺下，说："算了，不早了，先睡吧。"

不一会儿，白步冲果然睡着了，打起鼾来。白崖飞却毫无睡意，望着窗外的月光，听到喝酒的人渐渐散去，最后没了声响。

一轮明月挂在窗外，远处的虫鸣让这夜更加安静。白崖飞半卧着，直直地盯着月亮，渐渐地，一团阴影从月亮里涌了出来。那不是一团普通的云，而是聚拢的一团气，越来越近，越变越大,直逼到窗前。最后,竟然是爸爸的一张脸。

白崖飞一惊,站了起来,望着窗口,嘴唇动了两下,没有发出声音。但他知道自己已经喊了爸爸。爸爸似乎也听见了,点了点头,然后发出很空洞的声音:"儿子,你不能在这里久留。必须尽快回到狼的领地,担起你的责任……"那声音像是从天上笼罩下来,又像是从地下发出来。

白崖飞只觉浑身发麻,想靠近窗口看得更清楚一些。可是,他向前走一步,爸爸的脸就向后退出一段。等他快挨到窗口,那团气嘭的一声炸开,渐渐散了……

月亮还是那样明亮,眼前空无一物。白崖飞使劲晃荡两下脑袋,因为他搞不清楚刚才的一幕是幻觉,还是真实。他回头看了一眼床上熟睡的白步冲,暗想:自己确实应该马上离开这里。一匹狼混在人堆里,只有两种可能,一是冲突不断,搞不好会被人一刀劈了。二是相安无事,那时,他一定已经被驯化成一条狗了。这些他都不想,所以,必须走,马上。

他轻探步子,靠到门边,挤开一条缝,钻了出去。虽然门发出了咯吱一声响,但没有引起任何人的注意,包括床上那位。他站在门外,满意地抖了抖身子,让毛更顺畅一点,然后,借着月色向前跑去。

村子虽然很大,他对这里的一切也都很陌生,但要找到出村的路,并不是一件难事,因为村口竖着一根高高的竿,就算是月色不够明亮,也能远远地看见。

白崖飞朝着村口的竿子跑去,等渐渐靠近,他就能看到竿上挂着一个黑团。他停下来,仰头望了望,好高。他试着爬,可是,竿太滑,根本就抓不住,好不容易爬上一点,稍一松劲,就重重地摔了下来。

但是，如果不带上爸爸的头颅，他是不会离开的。他倔强地爬着、摔着，一个黑影从远处摸了过来，他一点也没有察觉。不知是多少次摔下来，他又吃力地往上爬，这时，一只手拍在他的后背上。他浑身一紧，又重重地摔了下来。

不过，他的动作相当迅速，一落地就翻身爬起来，露出尖利的牙齿，准备还击。可是，黑影并没有发动进攻，而是发出了声音："你深更半夜在这里练爬竿，有意思吗？"

白崖飞定睛一看，是白步冲，就没好气地说："你做你的人，我爬我的竿，我们俩有关系吗？"

白步冲双手一摊，表示并不介意，说："你想干什么，我很清楚。可是，这么高的竿子，你爬得上去吗？"

"你这倒是说了句实话。"白崖飞嘀咕了一声，突然又来了精神，盯着白步冲，"哎，你可以呀，你爬上去，帮我取下来，我会感激你一辈子的。千万不要说不，那样，我会恨你一辈子的。"

"我才不在乎什么一辈子两辈子呢，我只想告诉你，我和你一样，也没练过爬竿。"白步冲上前一步，摸着光滑的竿，仰头望了望，"最不够朋友的就是让朋友做朋友做不到的事，你听懂了吗？"

白崖飞摇了摇头，说："你到底帮还是不帮？别一进村子就把自己当个人，用人话来绕我。"

"好，我翻译一下，就是我没有办法帮你。"

"好，你可以回去睡觉了。"

白步冲无奈地耸了耸肩，调头就走，刚走出两步，又转身回来，小声喊："你也得跟我走，快!"说着，指了指远处。

　　白崖飞顺着看过去，有两个巡逻的正举着火把朝这边走来。他一看到火光，就心惊胆战，浑身僵硬，站在原地傻了。

10 酝酿计划

白步冲没有傻,拉了白崖飞一把,说:"别乱来,跟着我。"然后,他就直接朝火光走了过去。

这简直是疯了。白崖飞这样想着,还是跟了过去,因为他没有更好的办法。

巡逻的人看见他们,也大吃一惊,都把火把高高举起,照了个明明白白。一个光着上身的大汉喊:"你不睡觉,跑到这里来干什么呀?"

"浑身难受,睡不着,就出来走走了。"白步冲好像早有准备,骗人不打结巴。

另一个人喊:"你还是要小心呀,上次就是夜里被狼叼走了,哈——"

"放心,这次我带着保镖呢!"白步冲指了指身边的白崖飞。

白崖飞受不了刺眼的火光,就躲到了白步冲身后。

"这个保镖好像要别人保护哟!"两个人笑着走了过去。

白崖飞长长松了一口气,定定地看着白步冲,似乎有点不认识他了。

白步冲笑了一下,说:"发什么呆呀?走吧,睡觉。"

白崖飞回头望了望火光，一身冷汗还挂在背上，就只好听话地跟着回屋去了。

　　白崖飞本来还想讨论自己的事情，可是，白步冲似乎一点兴趣也没有，倒头又睡着了。白崖飞气呼呼地瞪了白步冲一会儿，眼眶疼了，眼珠子都快掉出来了，发现这样也不能看掉这瞌睡虫一根毛，反正自己也困了，就歪在墙角让眼珠子休息一下。

　　这一觉睡得真是香啊，白崖飞好久都没有这样无牵挂地睡过了，忘了爸爸忘了妈妈甚至也忘了身边的黄小蛮，不，是白步冲，是那种掉进深井里的沉静，恨不得一直睡到天尽头。可是，不知哪个不识趣的偏偏来捣乱，先是推他的身子，他不理，又是摸他的脑袋，他还是不理，最后竟然挠痒痒。

　　白崖飞受不了了，忽地爬起来，露出尖利的牙齿，准备狠狠地咬那捣蛋鬼一口。可他没敢下口，因为他眼睛一睁开，就看清是白步冲。他只好藏起牙齿，恨恨地说："你到底想干什么？睡觉都不让个空。"

　　"你想要空是吧？好，我把整个屋子都让给你，让你一次睡个够！"白步冲被牙齿吓了一次，又被说了一次，也老大不痛快，转身就往外走，甩下一句话，"我还以为你真的有什么雄心壮志呢，原来就是个没心没肺的家伙！"

　　白崖飞一看外面太阳已经老高了，就知道是自己睡过了头，连忙追出门来，喊："哎哎哎，走那么快是要到哪里去呀？我刚才只是跟你开个玩笑，就生气了？"

　　"你那也叫开玩笑？我怎么一点也觉不出好笑呢？"白步冲并不领情。

白崖飞急了，原地跳了两下，来了主意，就地翻了个跟头，还故意把自己摔得歪在一边，假装爬不起来。白步冲一看他这滑稽样儿，果然笑了，连忙上前扶他起来，还心疼地说："摔疼了吧？别拿自己的身体开玩笑，知道吗？"

白崖飞看着白步冲一脸的真诚，心底突然涌起一阵感动，觉得眼前这位还是自己最好的朋友。他又不知该怎么表达心中的感动，正在犹豫，就听到一阵脚步声。

白卫走了过来，笑着说："冲儿，你们这是在干什么呀？"

白步冲站了起来，说："没什么，我们经常这样玩，他练习翻跟头，我就当教练，呵呵！"

白卫过来摸着儿子的头，说："你当教练就应该翻几个给他看看嘛，你的跟头翻得很棒的，来，表演一个吧。"

白步冲愣住了，暗想，自己还真没翻过跟头，露出马脚怎么办？

白崖飞已经猜出了八九分，就小声说："不会翻就别逞能，告诉他，就说你的身子不舒服，不能折腾。"

当然，这段狼语白卫是听不懂的，他只听到小狼哼哼的声音。

白步冲觉得这是个好主意，但就是受不了他那语气，偏不这么做，就笑着对白卫说："好呀，我来表演。"说着，就后退几步，然后一个前冲，头朝地翻腾起来。

动作一气呵成，堪称完美，如果不是最后着地那一下的话，他真的可以当教练了。可惜，他是屁股着地，啪叽一声，就躺在地上起不来了，一脸痛苦。

白卫慌忙弯腰问儿子怎么样，儿子疼得一时半会儿还说不出话来，好半天才眼泪汪汪地说："这阵子身体不舒服，经不起折腾，哎哟——"

白卫慢慢把儿子扶起来，歉意地说："我早该想到的！没伤着吧？要不回屋休息一下？"

白步冲轻轻推开白卫，说："不用，我还是慢慢走走吧。你忙你的正事去，我没事的。"

白卫看了看旁边的小白狼，说："好，你们好好玩去吧。"说着，他俯身准备摸一下小白狼的毛，表示亲热。

小白狼并不领情，迅速侧身躲开了，还一脸警惕地盯着白卫。白卫没太在意，笑了笑，冲儿子挥挥手，就转身走了。

白崖飞看着白卫走远了，刚想拿白步冲的屁股取笑，却见他一脸的不快。白崖飞暗想：让你不逞能，你偏要，真是活该！冲我做什么脸呀，难道怪我吗？

白步冲狠狠地瞪了白崖飞一眼，说："你有必要对他这种态度吗？有句话叫，小不忍则乱大谋。你该有点文化有点修养，懂吗？"

"什么是文化，什么是修养？难道就是忘记杀父之仇吗？告诉你，我做不到。"白崖飞真是无法容忍他这副部落首领公子的派头，顿了一下，还不甘心，追上一句，"是可忍孰不可忍！你不是有文化吗？应该懂得这句话怎么讲！"

"好，你既然不想忍，就去冲呀杀呀咬呀！"白步冲狠狠地指了指他，转身就往屋子里走，"你只会这个样子，头脑发热，四肢发麻，让我怎么帮你？"

白步冲气呼呼地进了屋，狠狠地往椅子上一坐，又大叫一声弹了起来——刚才屁股摔得不轻呀！

白崖飞本来还在门外犹豫进不进去，听到怪叫，他以为白步冲遭到暗算，飞扑进来，准备战斗，却见屋里就白步冲一人，站在椅子边摸着屁股。他明白了，忍不住笑出声来。

白步冲扭过身去，不理他。白崖飞只好把笑吞回去，找话说："你现在让我好糊涂，你到底是向着人，还是向着狼？"

"我谁也不向，只向着你。"白步冲忽地转过身来，双手一摊，"从我来到这个世界上的第一天起，我就一直很听你的，你要我躲在山洞里面，我就躲在里面，你要我变成现在这个样子，我就变了。"

白崖飞真的感到自己很理亏了，又不想服软，就转移话头，说："你真的是在帮我吗？你不说明白，我怎么知道呢？我又不是你肚子里的虫眼睛里的草嘴巴里的鸟……"

白步冲搞不明白他到底在说些什么，连忙摆了摆手止住，说："好，就算我遇到了世界上的头号笨蛋，我就把最简单的事情说上三遍吧。你想逃离，还要带上你爸爸的头颅，这并不是一件容易的事，所以，不能着急。我们得慢慢熟悉这个村子的地形，还有各方面的情况，知己知彼百战不殆嘛。有文化的都懂的……"

白崖飞已经压住了起码一半的火气，还是忍不住打断，说："照你这么说，我得在这里长久住下去了？告诉你，我就是没文化，在这里一天也待不下去！"

"不会太久。"白步冲神秘地一笑，"我有办法在最短的时间内了解最多的情况。"

"就靠你那点文化？告诉你吧，如果论出生的时间，你应该叫我叔。"白崖飞仰起了脖子，终于找到了优越感。

"叔，你听我说——"白步冲捂着嘴笑了一下，"靠自己的能力肯定是不够的，那叫蛮干。我们得找一个得力的帮手。"

"帮手？你不会是想让人来帮着狼吧？我的天呀，亏你想得出来……"白崖飞突然住嘴了。

这时，外面有个嘹亮的声音在喊："我来了，可以进来吗？"

白步冲笑着点了点头，小声说："这就叫'说曹操，曹孟德就到'。就是他了。"

白崖飞也明白过味来了，点了点头。

白步冲就大声喊："进来吧，别踩着狼了哈！"

门哐的一声被推开了，毛癞站在门口警惕地望着小白狼，不敢进来。

白步冲俯身摸着小白狼的头，对毛癞说："你来摸他一下，就算是朋友了。他保证不会咬你的，对不对？"白步冲盯了小白狼一眼，小白狼摇了两下尾巴，算是友好。

毛癞探着步子靠近小白狼，身体一直绷得紧紧的，随时准备逃跑。等他的手触到小白狼的毛，他浑身猛地抖动了一下，然后，叫了起来："我真的摸到了！"然后，他蹲在地上，呜呜地哭了起来。

白步冲盯着白崖飞，以为他做了什么小动作，才搞哭毛癞。白崖飞望着白步冲，一脸的无辜。

等毛癞哭得差不多了，白步冲把他扶起来坐下，小心翼翼地问："你，这是怎么了？"

毛癞望着白步冲，说："我家的事，你怎么都忘了呢？"

这回轮到白步冲傻了，他脑子一片空白。

11 隐蔽的路

"在我很小的时候,我妈就对我说,我的哥哥被狼叼走了……"毛癞只顾抹泪,没有注意白步冲发傻。

"你哥哥?你还有个哥哥?"白步冲发现自己又犯傻了,连忙改口,"我是说你哥哥,他还好吗?"

毛癞擤了一把鼻涕,奇怪地看了白步冲一眼,以为他在开玩笑,没太在意,接着说:"他被狼叼走了,能好吗?我爸爸独自上山去找我哥哥,也一直没有回来了。"然后,他又直直地盯着白步冲,好像在问"你怎么就好好的回来了"。

白步冲以为自己身上有什么不对劲,低头看了看,还好,就咳嗽两声,找话说:"那时,你在干什么呢?"

"我还在我妈肚子里。"毛癞一脸的认真。

"哦——"白步冲一边理着思路,一边应付,"我就知道,你不能袖手旁观嘛。"

"我虽然没有亲眼看到,但我妈一直给我讲狼是多么凶,所以,我从一出生就害怕狼,每次做噩梦都是狼叼着人往山上跑。"毛癞说着,又偷偷地望了小白狼一眼,"你确定他不会叼我吗?"

"你看他叼得动你吗?"白步冲笑了,一把抱起小白狼,轻轻摸着他的背,对毛癞说:"来,试着抱抱他,你们就是最好的朋友了。"

毛癞有些犹豫,后退了半步。白步冲向前一步,直接把小白狼塞到他怀里,鼓励地笑着。毛癞一开始吓得眼睛都不敢睁,过了片刻,发现小白狼很温顺,就慢慢睁开眼睛,咧开嘴笑了,说:"我真的抱了,真的抱了!"他的脸因兴奋而变得扭曲。

白步冲突然觉得心里一酸,眼泪冲到了眼眶边。他连忙侧过脸去看窗外,使劲仰起头,让泪水倒流进去。

毛癞抑制不住心头的喜气,说话都有点结巴:"我,我们,真的能成为好朋友吗?"

白步冲抹了一下眼角,转过脸来,说:"嗯——我也没有把握。这样,我们来试一下,如果他冲你叫一声,就是好,如果叫两声,就是不好。"然后,他就盯着小白狼。

小白狼当然听清了他们的对话,可是,现在让他承诺和一个人做朋友,他似乎做不到。人是什么?最残忍的家伙!他们杀狼、吃肉,还要把头挂在村口,对生命没有一丝一毫的尊重,这样的渣滓,怎么配和狼做朋友……

小白狼半天不叫,毛癞疑惑地望着白步冲。白步冲盯着小白狼,一脸期待,最后不得不用激将法,说:"我忘了,这小白狼智力有限,根本听不懂人话。如果换成另外的狼,肯定早就叫了……"

"呕,呕!"小白狼马上还以颜色,很明显的两声。

毛癞嘴巴瘪了一下,说:"他叫的两声,是不好呀!"

白步冲连忙解释,说:"不,他是说很好,两个字,呵呵!"

毛癞信了,刚想笑,小白狼又叫了,这回是三声。他不解地望着白步冲。

白步冲伸出三根手指，说："非常好，他说非常好，你明白吗？"

毛癞真的高兴了，用脸去贴小白狼的背。小白狼拱了一下，叫出了四声。

白步冲马上解释："非常愿意，呵呵！"

小白狼也急了，连叫五声。这难不倒白步冲，他拍着手说："真是太好了！"

毛癞感觉到快抱不住小白狼了，就连忙还给白步冲，说："我还是想让他只叫一声，我想和狼做朋友，这样，我就不会再害怕了。"

白步冲一只手暗暗捏住小白狼的尾巴根儿，小白狼疼，又不敢吱声，只能忍着。白步冲表面微笑着，说："好，你听着，他一定会叫的。"

小白狼实在疼得受不了了，只好叫了一声。

毛癞高兴得跳了起来，转身冲了出去，高声欢呼："哦，我们是朋友了！我和狼是朋友了！"

屋子里静下来，小白狼终于开口了，恶狠狠地瞪着白步冲："你太过分了，为什么要我和人做朋友？"

"为什么不能？毛癞他伤害过你吗？他伤害过狼吗？"白步冲一把丢掉小白狼，态度也硬了起来。

小白狼站稳脚跟，抖动两下身上的毛，轻蔑地说："你真是越来越像人了，你该不会想着把狼都收过来，让人圈养吧？"

"你又来了。关于我是不是人，这个问题的争论已经没有意义了。"白步冲望了一眼门外，"你到底是想逃命，还是想拼命？想清楚了我们再做下一步。"

小白狼沉默了。这一刻，他确实觉得自己有些冲动，可他一见到人，就是控制不住自己的情绪。

白步冲知道小白狼心里已经服软了，就说："那好，从现在起，你和毛癞就是朋友，别再使性子了。"说完，他就迈步出去了。

"朋友？朋友！要我和人做朋友，除非我死了！"小白狼一边狠狠地嘀咕着，一边跟了出去。

毛癞因为和狼成了朋友，兴奋过度，爬上了树，抓住一根树枝荡秋千呢！白步冲抬头一看，大吃一惊。不是因为太高，而是那根树枝太细，眼看就要断了。他想喊，已经来不及了，只得冲过去，伸出双手。

就在这时，毛癞带着断开的树枝掉落下来，发出一声惨叫，不偏不斜，正砸在白步冲身上。两人一起倒在地上，滚了几圈才停下来。毛癞很快爬了起来，甩开树枝，一点事没有。白步冲却躺在地上，一动不动。

小白狼焦急地跑过来，凑到白步冲面前，正眼都不瞧毛癞，恨恨地想：好你个毛癞，你又不是猴子，上什么树荡什么秋千？你这不是成心丢人肉炸弹吗？他要有个闪失，我一口咬不死你！

毛癞轻拍着白步冲，每一根神经却都牵向小白狼。他有一种说不出的暖意：这是真的吗？我真的和狼是朋友了，我和狼一起关心着白步冲。我能感受到狼的气场，他的呼吸，还有毛在风中吹动……

白步冲突然睁开眼睛，一脸坏笑地盯着毛癞，说："你把我搞成这个样子，我好像完全记不起以前的事了。现在，你必须带我熟悉村子里的地形，告诉我怎么样出村才最方便。"

毛癞松了一口气，笑了，说："这算什么事呀？你只要能爬起来，我就带你到村子里转。"

白步冲一伸手，毛癞就拉他起来了。毛癞在前面跑，白步冲刚要跟上，却看见小白狼站着没动。白步冲知道他心里那点小九九，就回头冲他招了招手，又眨了眨眼，小声说："跟上，小'翘气包'！"

"我才不是'翘气包'呢，我是心疼你，傻瓜，懂不懂？"小白狼嘀咕着，一路小跑过去。

毛癞直接把他们带到一棵老杏树下，三下五除二就爬了上去。他说站在树上就能看到全村了。

白步冲仰头看了看，可真高呀！他没玩过爬树，如果要上去，他不是顺着树干爬，而是一个弹跳，飞跃而上。但那样容易吓着毛癞，露出马脚。于是，他就扶着自己的腰，假装受伤，说："我受伤了，上不来呀，怎么办？"

小白狼当然也爬不上去，就只好站在白步冲身边仰望。

毛癞说："没关系，我指了说给你们听，就行了。"然后，他就告诉他们哪边是村口，哪里住着人，哪里关着羊……

白步冲都记在心里。等毛癞下来，他就迎上去，说："你真是个好向导，能不能告诉我们一条出村子的路，要便捷，又要隐蔽。"

毛癞被夸赞，更兴奋了，一挥手，说："跟我走，没有谁比我更清楚了。"然后，就钻到后面的高坎下。

他们走的果真是一条很隐蔽的路，时而是土坎，时而是树木，时而是围墙，七弯八拐，三绕四转，竟然就出了村子。

毛癞抹着额头的汗，一脸骄傲地说："怎么样？根本没有人能发现我们！"

白步冲竖起大拇指，说："你真厉害，这样的路你都找得出来。"

毛癞有点意外，望着白步冲，说："这是我们俩一起发现的呀，你怎么……"

"哦，我受伤了，脑子也出问题了，呵呵！"白步冲很坦然地笑了起来。

小白狼并没有搅进他们的对话中，而是望着村口的竿头发呆：要是现在能取下爸爸的头，就能逃上山去了……

这时，山上下来一个妇女，挑着一担柴火，来到村口。她一眼就看到了小白狼，愣了一下，然后，扔下柴火，抽出扁担就直冲了过来。

毛癞一看，就大喊："不好，快跑！"

"我看你往哪里跑，我非打死你不可，狼！"妇女狂怒地奔过来，举起扁担就冲小白狼打来。

小白狼调头就跑，妇女一下打空，不甘心，提着扁担狂追，眼看就赶上了。小白狼见逃不过了，就干脆转过身来，靠着一棵树，露出牙齿，准备抵抗。但他的牙齿哪能抵挡扁担，只见扁担被高高抡起，他其实就是等死。

就在这时，一个黑影扑了过来，挡在了小白狼身上。只听一声闷响，扁担重重地打在黑影上，一声惨叫，黑影倒下，小白狼被压在了下面。

12 夜晚的行动

小白狼定睛看时，才知道压在身上的是毛癞。刚才毛癞头上狠狠挨了一下，已经昏死过去。小白狼被压得死死的，动弹不得，以为自己死定了。谁知那妇女突然扔掉扁担，扑通一声跪下，抱着毛癞的头又摇又喊："娃，我的娃呀！"

小白狼趁毛癞被摇晃的时候，使劲往外爬，终于脱身，刚想逃掉，却见白步冲站在旁边一动不动。他就过去撞了一下白步冲的腿，说："快跑呀，还愣着干什么？"

白步冲狠狠地甩了一下腿，差点踢到小白狼，然后，瞪了小白狼一眼，说："你真是白眼狼，他是为了救你才被打昏的，你却只想着逃。就你腿多，是不是？"

小白狼一愣，真的以为自己很不够意思了，但转念一想：不对呀，这姓白的怎么越来越像个人了呢？他怎么一到这村落里，就开始帮着人说话了呢？再说了，那妇女也不会伤害毛癞，用不着谁充英雄好汉去救嘛！

这样想着，小白狼就很不服气地说："我是白毛狼，不是白眼狼，你看清楚了。还有呀，我天生就四条腿，比你这个人多两条，不服气你也可以趴下来爬行呀！"

白步冲没心情理会小白狼，摆了摆手，直直地盯着毛癞。

这时，毛癞已经醒过来了，睁大眼睛望着小白狼。

白步冲向前跨出一步，气呼呼地指着妇女，问："你是谁？为什么要打人呀？"

妇女抬头望了望白步冲，又低头看怀里的毛癞，然后小声说："这是怎么回事？"

毛癞扭动两下身子，挣脱，站了起来，小声对白步冲说："她是我妈，你背地里总是叫她肥妈，怎么都不认识了？"然后，他又转头大声对他妈说，"哦，他是看到你打我，气糊涂了，才这样问的。"这算是为白步冲解释吧。

毛癞妈拍了拍腿，说："我哪是打你呀！我打的是狼！"说着，她弯腰捡起扁担，又举了起来。

小白狼吓得躲到白步冲的身后。毛癞冲上去一把死死抓住扁担的另一头，说："别打，他是我的朋友。"

"什么，朋友？"毛癞妈气得身体发抖，"你忘了你哥哥和你爹是怎么死的了吗？"她狠狠地丢下扁担，转身就向村里跑去，撒下一路哭声。

毛癞捏着扁担呆呆地站在原地，望着妈妈的身影渐渐远去，突然举起扁担对着地上的一块石头猛打，发狠地喊："我该怎么办？怎么办……"然后，他扔掉扁担，蹲在地上呜呜地哭了起来。

白步冲过去轻拍着他的肩膀，说："你没有做错什么。只是你妈现在火气太大了，你不要再惹火烧身，还是先回家去吧。"

毛癞擦了一下脸，站起来，望着小白狼，一时不知说什么好。小白狼低下头，转到一棵大树后面去了。

白步冲轻轻推了毛癞一下，说："去吧，这里有我呢！"

毛癞点点头，说："告诉他，我们还是朋友。"然后，就转身向村里走去。

白步冲绕到树后面，见小白狼正呆呆地望着山上。他走过去，轻轻摸着小白狼的后背，说："你在想什么呢？"

"你真的还愿意站在我这边一直帮我吗？"小白狼的声音有点空荡荡的。

白步冲笑了："当然，我们是永远的朋友嘛！"

"朋友？就因为我见证了你的出世吗？"小白狼显然不太相信。

"不，我还要你帮我搞清楚，我到底是谁呢，你不要忘了哦。"白步冲做了个鬼脸，想逗他笑。

小白狼没有笑，只是叹了口气，又望着山上。

白步冲想安慰他一下，就说："别介意，有些人确实还接受不了狼，但我想总有一天……"

小白狼突然一扭身子，挣开白步冲的手，恨恨地望着他，说："你还想让我在这里住下去吗？你以为人真的能和狼和平共处吗？笑话，我告诉你，我只想咬人，所有的人。我也相信所有的人都想杀了我。刚才你都看到了，还不明白吗？"

不知是他说得有理，还是气势逼人，白步冲低下了头，皱眉想了想，说："你想怎么办？"

"马上离开这里，带上我爸的头。"小白狼一脸的坚定。

白步冲摇了摇头，说："现在是大白天，肯定不行。还是等到晚上，我们再想办法吧。"

小白狼知道现在到处都是人，一有风吹草动就会暴露，只好先忍耐一下。

夜晚,月光很亮,等到四周安静下来,小白狼就提醒白步冲该出发了。白步冲想再等一下,小白狼已经没有耐心了,先出了门。白步冲只好连忙跟上。

他们绕到屋后,顺着白天探好的路隐蔽前行。可是,没走多远,一棵大树上突然一阵晃动,掉下一个黑影。小白狼走在前面,吓得不轻,一个侧身跳出老远,准备战斗。白步冲却一眼就看出来是毛癞,迎上去一把拉他到隐蔽的地方,小声说:"这么晚了,你不在家里,跑到这来干什么?"

"我来跟你们一起玩呀!"毛癞一脸的期待和喜气,"你们现在要到哪里去?"

白步冲没有回答,回头看了看小白狼。小白狼刚刚站稳脚跟,不过,他马上就意识到毛癞虽无恶意但也是个麻烦。于是,他轻轻地摇了摇头。

白步冲领会了,就对毛癞摆了摆手,说:"不行,你还是回家吧!"

"不行,我好不容易等到我妈睡着了,才偷偷溜出来的。"毛癞梗着脖子,很不高兴。

"我才不管你妈是睡着了还是醒着呢,我说不行就不行。"白步冲上前一步,直直地盯着他。

毛癞才不怕呢,嘿嘿地笑了一下,说:"我就跟定你们了,怎么着?"

白步冲一伸手,在毛癞脸上摸了一下,毛癞就身子一软,倒在地上,双眼紧闭。

小白狼吃了一惊,小声责怪白步冲:"你对他做了什么?"

白步冲一挥手,边往前走边说:"没事的,他只是暂时睡着了,会醒过来的。"

小白狼小跑跟着,问:"你是怎么做到的?"

"要不要在你身上也试一下?"白步冲笑着亮出一只手掌。

小白狼连忙跳开,嘀咕了一句:"你真是个怪物。"然后,跑得更快了。

小白狼显然已经记清了路线,准确无误地绕过高墙和树林,直接向村口摸去。白步冲跟在后面,望着小白狼的背影,心中涌起一股温情:小白狼真的像个男子汉了。他虽然有点固执,有点激烈,但他一直在独自承受着巨大的压力。他没有被压垮,他知道自己该怎么做,正朝着自己选择的方向走去……

小白狼突然停下脚步,奇怪地盯着白步冲,说:"你在后面拖拖拉拉的,不会是后悔了吧?"

"后悔什么?"白步冲抬头望了望,离村口已经不远了,"我是在考虑一个非常严肃的问题,刚才毛癞倒地的时候,你好像很担心他哟!你是不是已经把他当作朋友了?老实交代!"

小白狼吐了吐舌头,说:"我?和人做朋友?等下辈子吧!"说完,又跑了起来。

白步冲还想纠结这事儿,小白狼警告他不要出声,小心把人招来了。

很快,他们就来到了竿下,这里并没有人看守,巡逻的人还在别的地方,离这儿很远。小白狼见白步冲愣在那里,就催促他说:"快点,爬上去呀!你要等人来了再爬吗?哦,这可不是表演,不需要观众。"

"我才不要观众呢,但是我忘了一件大事。"白步冲两手一摊,"我根本爬不上去。你知道的,我必须抓住枝节才能使上劲,可这是一个光溜溜的竿子,也许只有毛癞可以做到。"

"你把他弄昏了,又在这里告诉我这些,到底什么意思?"小白狼真的急了,恨不得自己往上爬,但显然不能。

"别急嘛,办法总是有的,除非脑子发霉。要想爬上竿头,我就必须做一件事。"白步冲朝四周望了望,一脸的神秘,"我要现出原形。"

"那就快点呀,我的姑奶奶!你不会是想要足够的观众才肯显现吧?"小白狼急得牙都露了出来。

白步冲连忙冲他摆摆手,说:"我说过,我不要观众。我只是怕你受不了,因为变形会很恐怖很恐怖,你要有充分的思想准备……"

"哪来那么多废话?一个字,变!"小白狼的忍耐已经到了极限,他担心自己要爆炸了。

白步冲连忙双臂上伸,做出投降的姿势,然后,他身子下蹲,双手收到胸前,开始运气。他的身子慢慢鼓胀起来,里面好像燃起了火,变得透亮。

小白狼惊讶得张大嘴巴,不过,他并没有觉得这有多恐怖,反而充满了好奇,不由得向前靠近了一步。

这时,白步冲的身子开始嘎吱作响,表皮被撑得裂开了,口子越来越大,最后,怪物就从里面挣脱出来。那怪物还是黄小蛮原来的样子,浑身金黄,嘴还是那么大,爪还是那么尖,不过,比以前大了许多。小白狼确实吓了一跳,向后跳出几步。

黄小蛮扭动两下脖子,伸展两下腰,显然憋闷坏了。然后,她双脚猛地一蹬,就腾空而起,卷起一阵狂风。

小白狼连忙闭上眼睛,等风过,一睁开眼睛,黄小蛮已经稳稳地落在面前,手里提着爸爸的头。

小白狼默默地看着爸爸,爸爸的眼睛还睁着,目光如生前一样,像是严厉,又像是慈祥。他轻轻地说:"爸爸,我们回家吧!"

话音刚落,爸爸的眼睛里就亮起了光。小白狼心里一惊,立刻一回头,就看到了成片的火把正向这里移动。巡逻的人已经发现了他们,呐喊着狂奔而来。

13 妈妈的真相

黄小蛮把手里的脑袋递给小白狼,小白狼摇了摇头,说:"我们一起逃吧,他们抓住你,你就惨了!"

黄小蛮回头看了看正在逼近的火光,说:"我不能走,我一走,他们又会追到狼窝,那就更惨了。"

"这么说,你要一直做人了?"

"我也不知道,但我现在必须变回人形。"黄小蛮把狼王的头塞给小白狼,"你快走,我来拖住他们。"

小白狼看了一眼逼近的火光,只得一调头,向村外跑去。

黄小蛮把身子蹲下来,使劲地摇晃着,渐渐地,就变回到人形,成了白步冲。

这时,巡逻队已经赶到。小白狼还没有跑远,火光能照到他的屁股。几个人就要往前追,白步冲横到路中间,挡住了去路,还把手高高地举了起来,说:"你们要再追,我,我,我就死给你们看!"

几个人吓住了,向后退了几步,嘀咕着什么。这时,远处又闪现一片火光,白卫、白胡子和一群人也赶了过来。

白卫走在最前面,一把扶住白步冲的肩膀,说:"冲儿,这,到底是怎么回事?"

白步冲低着头不作声。

白胡子凑上前来，说："他竟然把狼的脑袋偷走了！"他说话很快，胡子跟着抖个不停。

白卫一抬手止住了白胡子，仰头看了看竿头，空空的，并没有生气，而是轻轻拍了拍儿子的肩膀，说："要做什么事情，可以先跟我商量一下呀！"

白步冲应了一声，点了点头。

白卫转过头来，对大家说："没有什么大不了的，这狼王的头再挂上面，就要风干了。我也正想取下来呢！"

"可是，小白狼带着头跑了。"白胡子小声提醒。

"当初，我猎杀狼王，是因为我的儿子被狼叼走了。现在，我的儿子回来了，我还有必要和狼较真吗？只要狼不来村子里，不伤害村民，就不要去惹他们了。"白卫冲白胡子摆摆手。

白胡子看了白步冲一眼，说："同情狼，是可笑的。狼改不了吃人的本性，村子里每年都有孩子被狼叼走。我们今天放走的是狼王的儿子呀，等他长大了，村子里就不得安宁了。"

白卫知道白胡子对白步冲不满，可是，这次儿子能活着回来，真是上天的恩惠。白卫的想法和以前大不一样了，他其实已经不那么恨狼了。他心里很清楚，在这山上，狼也不是最可怕的，真正可怕的是死亡谷里的怪物。那怪物从不见真面目，但只要谁进了山谷，就像石沉大海，连根毛发也见不到了。

白胡子见白卫沉默不语，脸色也越来越难看，就闭上嘴巴，往山上望了一眼，一脸的遗憾。

白卫抬起头来，说："你是村子里最年长的，一定还记得我们的先辈们说过，不管是什么东西，都不要赶尽杀绝，那样，一定会引来更可怕的东西。我们得留着狼族，因为有些东西比狼更可怕。"

白胡子愣了一下，似乎也想起了那句话，默默地点了点头，说："好吧，今晚就当什么也没发生。"

白卫笑了，突然大声说："今晚发生了很了不起的事呀，儿子，你是怎么把狼王的头摘下来的？"

"我，我，我……"白步冲望了望竿头，当然不能说是挣破了人皮，露出了原形，腾飞上去的，一时又编不出像样的话，就成了结巴。

白胡子也望了望竿头，皱眉摇头，打死他也不信这孩子能爬上去。于是，他轻轻地对白卫说："这里面必有蹊跷！"

"是啊，就算是精壮的汉子，也没几个能爬上去呀！"白卫提高嗓门，就是要让在场的每一个人都听清楚，"这说明了什么？啊？哈……"

他自豪地大笑着，一手搂住儿子的肩膀，举起另一只手一挥，喊："好了，回去睡觉！"

火把缓缓聚拢，火光向村里移动，人群走出一程了，白步冲却不肯挪动脚步。

白卫望了望山上，猜出儿子舍不得狼，就拍了拍儿子的肩膀，说："让他去吧，人终归是人，狼终归是狼。"

白步冲望着眼前这位成熟的男人，突然有一种冲动，脱口而出："我是什么？"

白卫愣了一下，然后就大笑起来，说："傻小子，你当然是人。好了，别犯傻了，我知道你失去了朋友，心里难受。回去睡一觉，什么都过去了。"

白步冲心里一惊，知道自己差点犯了大错，怎么可以问面前这个人这种问题呢？万一他知道自己的真实面貌，后果会相当严重呀！为了掩饰自己的心虚，他就连忙拉着爸爸往回走。

　　白卫觉得这是父子之间交流感情的绝好机会，就故意放慢脚步，伸手把儿子的手握住。儿子竟然没有摆脱，也没有丝毫的抵触，好像这一切也是儿子盼望已久的。一阵阵温情爬满了白卫全身，他决定把埋藏在心底的秘密告诉儿子。为了引起话头，他先望了望天上，说："看，今天的月亮很圆呀！"

　　白步冲望了一眼天，月亮确实挺圆的。不过，这有什么说头呢？两个大男人手牵着手，就是为了谈论月亮吗？他希望知道自己是谁，月亮能给出答案吗？这样想着，他就没了精神，只是模模糊糊地嗯了一声。

　　"你想知道你的身世吗？"白卫不再谈论月亮了。

　　白步冲浑身一惊，手猛烈地抖动了一下。白卫清楚地感觉到了，握得更紧了。不过，白步冲的头脑马上恢复清醒，他故意侧头夸张地望着爸爸，说："我，我的身世？难道有什么问题吗？"

　　白卫笑着摇了摇头，说："你没问题。可是，从你记事起，你就一直追问你妈的下落。我总是说她被狼吃了。其实，我一直在骗你。"他说到这里，停下来，好像要攒足了劲才能接着说下去。

　　白步冲奇怪地盯着白卫，期待着。

　　白卫摇了摇儿子的手，继续往前走，作为骗子，他似乎没有勇气正视儿子的眼睛说出真相。他长长地出了一口气，才说："你一出生，身体就极虚弱，几乎一直生病。记得是半岁的时候,你高烧九天九夜,什么办法都想到了,却没有丝毫好转。眼看你气息都没了,我一咬牙,决定放弃你。趁夜深人静,你妈睡着了,我偷偷抱着你来到村口,放在白杨树下。你妈醒来之后,到处找你,我不得不告诉她真相。她一听,就发了疯一样往村口跑。我也跟在后面,边跑边想:你应该早就被狼叼走了吧!远远地,我就看见那棵白杨树下,果然有一匹狼在埋头舔食。你妈尖叫着扑了过去。狼吓跑了,你竟然完好地躺在树下,脸上满是狼的口水。更惊奇的是,你竟然没有断气,正睁大眼睛望着天,一副刚睡醒的样子。

"你妈把你抱回屋里,日夜守护着你。你的高烧退了一些,但病没有完全好。村里的老人说,要想让你的病好转,必须用灵芝熬药给你喝。听完这话,大家都沉默了,因为谁都知道灵芝长在死亡谷的悬崖上。那死亡谷里有个怪物,一出现就遮天蔽日,没有人看清过他的真面目。以前也有人闯进过死亡谷,不过,没有一个人回来,都是活不见人死不见尸。

"我也想过带上一些精壮的勇士去闯一次死亡谷,可我的理智告诉我,不能那么做,这和勇气无关,甚至连鲁莽都算不上,因为结果是肯定的,有去无回。所以,我命令所有的人都不要动这个念头。

"你的身体一天不如一天,你已经在死亡线上挣扎了。突然有一天,你妈不见了。她一直守在你床边,寸步不离,能到哪里去呢?我心里一惊,猜出了九分,就提着一把刀追了出去,直奔死亡谷。

"我一直追到谷口,果然追到了她。我拉住她,想劝她回来。可是,她非常坚定,说不能眼睁睁看着儿子离去,必须行动。我说，要行动也该我，轮不着她。她轻轻摇了摇头，指了指山谷远处的悬崖，说如果我能接应她，也许还有一线成功的希望。我懂她的意思，就点了点头。

"悬崖上爬满了藤萝枝叶，整个崖壁都被遮得严严实实的。她顺着藤条往上爬，身轻如燕，很快就爬到了崖顶，找到了灵芝。她手举着灵芝向我摇晃，我招手让她快下来。突然，她似乎发现了什么，飞快地把灵芝扔下来，让我快跑。

"眨眼间，她就被拖进了藤萝里不见了，紧接着，一股烟雾弥漫出来，很快遮蔽了天空。我没敢犹豫，转身飞跑。回来用灵芝熬药，你喝了之后果然就慢慢好了起来。

"这些年，我一直不告诉你真相，一是怕引起恐慌，另外，我也觉得自己很羞耻。每次回想起来，我真的宁愿自己在那一刻和你妈一起死掉。在人们眼里，我是个顶天立地的男子汉，可我不是，我欠了你妈的债，这辈子我都无法还。我是个懦夫，我……"

白卫眼里满是泪水，喉咙哽咽，声音低下去，说不出话来了。

"不，你不是懦夫，你是为了我才这样做的。"白步冲一说出这话，自己心里也愣了一下。他感觉怪怪的，难道自己已经接受了这个爸爸，真的成了他的儿子了吗？

爸爸没有说话，只是把儿子的手捏得更紧了。

白步冲沉默了一会儿，试探着问："那，你现在为什么要告诉我这些呢？"

"因为我一直谎称是狼叼走了你妈，这样一来，全村人都信了，把账都算到了狼身上。"白卫仰起了脖子，不知是为了让

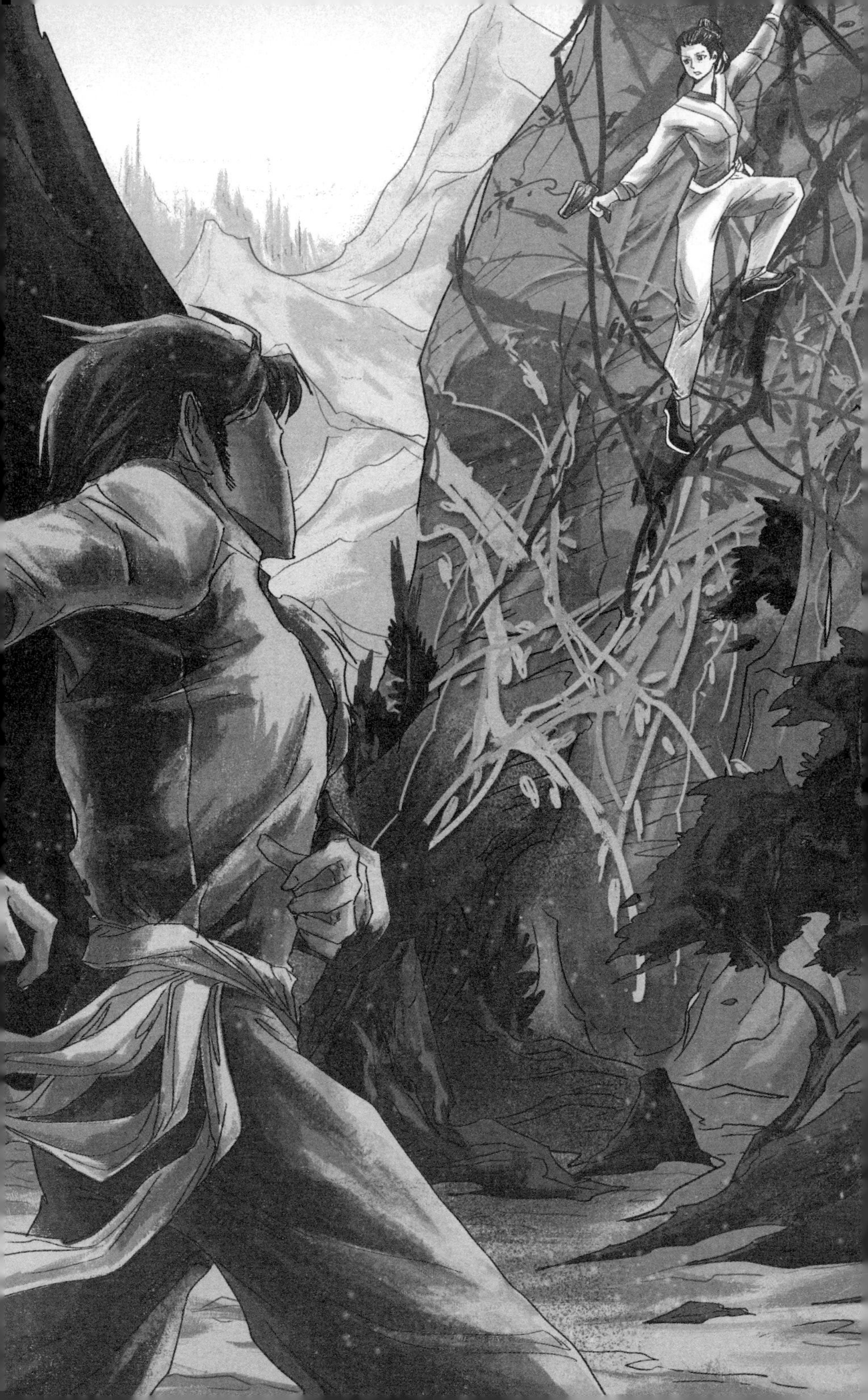

泪水倒流，还是在望远处的山，"可是，你两次落入狼嘴，都没有受到伤害，而且你还和小白狼感情那么好。我如果一直这样冤枉狼，对狼很不公平，也会让你很为难。都说出来，你心里就明白了，哪怕我名声扫地，我也不在乎。"

"你放心，我不会告诉任何人的。"白步冲听了刚才的故事，更加佩服爸爸了。那一瞬间，他真的感觉他俩就是父子。

爸爸沉默着往前走。

白步冲打破沉默，问："我妈长什么样？"

爸爸愣了一下，刚想说什么，就听身后一阵响动，一个黑影快速向他们奔来。他连忙转身将儿子护住，拉开架势，静等着黑影靠近。

14 雾中的幻象

白步冲连忙拉了拉爸爸,说:"是毛癫,别伤着他。"

这么远的距离,根本看不清黑影。爸爸回头望了一眼儿子,一脸的奇怪,问:"你怎么知道是他?"

"这,刚才,我想,应该……"儿子支支吾吾半天也说不出个整句来。

这时,黑影已经来到面前,正是毛癫。毛癫喘着粗气大声喊:"你怎么丢下我就跑了?"等看清面前的白卫,毛癫愣了一下,刚才明明是秘密行动,他没想到会多出个大人。

白步冲担心毛癫会把刚才催眠的实情说出来,连忙绕到爸爸前面,挤着眼睛(天黑,根本没用),说:"你不是自己睡着了吗?"

"是我自己睡着了吗?"毛癫指着自己的鼻子,张大嘴巴。

白步冲把毛癫的手拉开,直直地盯着,问:"那你好好想想,到底是怎么回事?"

"我什么也想不起来了。"毛癫摇了摇头,压低声音问,"你们怎么样?小白狼呢……"

白步冲怕毛癫多嘴,一把捏住他的手腕,转身对爸爸说:"他困了,我们快回去吧!"

爸爸并没在意，只是觉得两个小孩子闹着挺好玩的，就笑着说："好，毛癞，你快回家吧，免得你妈担心呀！"

毛癞的手腕被捏得生疼，就喊："你快松手呀，我要回家了。"

白步冲连忙松开，举起手摆了摆，表示不是有意的。毛癞心里有气，看了看旁边的白卫，没敢吱声，转头就跑了。

父子俩也默默地往回走，没有谁再去提妈妈的话题，好像是水中的鱼，一旦被搅动，就再也找不到了。

回到屋里，白步冲躺在床上怎么也睡不着。他觉得浑身瘫软，每一寸皮肤都像爬满了蚂蚁，奇痒无比，每一个关节都像挨着炭火，灼热难忍。他不停地做深呼吸，想缓解疼痛，可是没有用。他只有双手抓紧床边，身子在抖动，床也跟着抖动。

就算疼死，他也不能求助。因为他知道这都是自己刚才撑破外皮，再把身体缩进皮里，就没有原来合适了，当然会疼痛。如果爸爸知道了，找个医术高明的老人来一摸一捏，肯定就会发现问题。因为他缩在外皮里面的骨头架子跟正常人的大不一样。

他咬紧牙关强忍着疼痛，额头冒出豆粒大的汗珠，往下直滚。伴随着一阵一阵钻心的疼痛，他的身上开始冒出白气，就像热锅里蒸着个大馒头。为了分散注意力，他尽量不想自己的身体，强迫自己想一些别的事。

他本来是想到了小白狼，可是，只一下就过去了。然后，他就想到了妈妈——当然是白步冲的妈妈。他很奇怪，他似乎已经慢慢把自己当作是白步冲了，更奇怪的是，他一想到妈妈，眼前冒着的烟雾中就开始出现画面了。

首先是死亡谷，那地方他去过，隐约记得一些，幽深狭长，两边都是高而陡的悬崖。再往里走，就出现了一面高高的绿墙，细看，上面挂满了藤萝。一个女人手抓藤条，挂在半空，从背后看，一头长发用一根红头绳束在脑后，腰扎一根束带，脚穿长筒靴，显得格外精神。她似乎听到了背后的响声，猛地一回头，露出白净的脸，嘴角还有一颗黑痣。

白步冲惊呆了，他不认识这个女人，但他敢肯定她就是妈妈。他正这么想着，就听女人喊："冲儿，你怎么来了？"

"我，我，"他一时不知说什么，突然想起了爸爸的话，"是爸爸告诉我，你在这里，我来接你回家呀。"

妈妈笑着摇了摇头，说："我是被怪物生拿活捉的，他不会放我走的，除非你能打败他。"

白步冲不信，说："怪物不在这里，你快下来呀，我们回家。"

话音刚落，藤萝里面就有一阵响动，紧接着，妈妈就被什么抓住，拖了进去，不见了。他拼命地喊："妈妈，妈妈——"

没有一点回音，就在他的喊声里，眼前的画面也渐渐被烟雾遮挡，最后都消失了。

这时，他又清楚地感到了浑身的疼痛，钻心。那些幻象就像是疼痛变的，幻象出现，疼痛就会减弱，消失。于是，他拼命皱紧眉头，集中精力，默默祈祷——幻象竟然慢慢又浮出来了。

这次，妈妈没有出现。他发现自己到了藤萝前面，伸手一拉，竟然露出个大洞。里面黑压压的，伸手不见五指。他犹豫了一下，还是一抬腿跨了进去。

他没想到，这是一个无底洞。他一下掉进了深渊，身子不停地下落、下落，好像永远没有尽头。他吓得大叫："妈，妈妈——"他的喊声就像火柴，把四周的洞壁划出星星点点的火光，在那火光中，闪现的总是妈妈的脸——白净的面庞，嘴角有一颗黑痣。但他看不清妈妈的表情，太快了，一晃而过。

他以为自己死定了，不跌个粉身碎骨，也会摔成个肉饼或煎散黄的鸡蛋。可是，怪事又出现了，他突然停止下落，飘浮在空中。他伸手四周摸了摸，没有掉进水里呀。这种无缘无故的飘浮让他更加发毛。不过，飘着总比摔死强，随便吧。

他使劲一蹬腿，就像游泳一样，往前划动了。这时，眼前竟然出现了一片开阔地，整个被雾笼罩着，虽有光，但模糊不清。一个巨大的黑影在雾中时隐时现，他睁大眼睛也看不清怪物的面目。

怪物突然说话了："你为什么要闯进我的领地？"

"我，是来找我妈妈的。"他说这话时，只犹豫了一下，就去掉了杂念。是的，那就是妈妈，无论我是谁，她都是我妈妈。

"哈——可是，不管是谁，只要进来了，就别想再出去。"怪物吐出了一股更浓的雾。

他抹了一下眼睛，一点也不害怕，盯着问："你为什么要这么残忍？到这里的人都是无意的，他们不会伤害你，也不会夺走你什么东西，你却要加害他们，你还算个人吗？"

"慢，慢！"怪物好像被说到了痛处，连忙解释，"首先，我不是人，人在我眼中只是个低能弱智的玩具。其次，我并没有加害他们，我只是把他们封闭在这里，不让他们出去了。"

"那，你为什么要这么无聊呢？人是极有尊严的，你就把他们关在这里当玩具吗？"他愤愤地说。

怪物伸出头，差点就露出了真面目，连忙又缩进雾中，说："只有人自己认为很有尊严，真是无聊。告诉你吧，我在这里已经上千年了，亲眼看见他们是怎么一步步从深山里爬出来的。最开始，他们都是赤身裸体的，那样本来也很自然，可不知是哪个多事的家伙非要搞几片树叶遮蔽身体。他们知道害羞了，因为他们内心有羞耻的想法。他们会遮羞，你说的尊严就是这一点吧。他们出了深山，就不肯再住山洞了，盖起了一些土窟窿……"

"那是房屋，文盲！"

"我不管是房屋还是文盲，都跟我没关系。可是我讨厌他们，他们慢慢地以为这个世界就是他们的了。你看看他们是怎么对待狼的，怎么对待羊的，怎么对待猪的，就知道他们有多么自以为是了。更可恶的是，他们只要发现了有什么动物的窝点，就要不顾一切地去摧毁。兔子没逃脱，野鸡没逃脱，最后连狼也没有逃脱。你想想，我如果放他们回去，他们就知道了我的窝点，那样，我还有安宁日子过吗？当然，我并不怕他们，我要摧毁他们的窝点，就像他们毁掉一个蚂蚁窝那么容易，可是，我不会那样做，因为我是高贵的……啊，不会和他们这些低级动物一般见识。"

"你是高贵的什么呀？你说呀！"他不依不饶。

"我不能跟你说那么多，你走吧！"

"什么？你不把我关在这里吗？"他奇怪地问。

"你？我可关不了你。"

"为什么？"他吃了一惊，以为怪物能看出他不是人。

"因为你只是个幻象。"怪物猛地吐出一口浓雾。

白步冲感到浑身被裹得紧紧的,好像捆了无数根麻绳。他拼命地挣扎,等身子稍感轻松,却发现自己正躺在屋子里的床上。奇怪的是,他的身体不疼了,好像那一口浓雾就是妙药。他睁大眼睛使劲地想了半天,也不知道刚才那些到底是真是假。

想久了,困劲就上来了,他眼皮一沉,就睡了。

天刚亮,突然响起了猛烈的敲门声,爸爸在门外大声喊:"冲儿,醒醒,你快醒醒呀!"

白步冲勉强睁开眼睛,却觉浑身无力,不能起身。他以为这又是幻象,就懒得理会,闭上眼睛又要睡。

这时,哐的一声,爸爸把门踢开了,闯了进来,冒着满屋子的烟雾,直奔床前,抱起儿子就往外跑。

这时,外面越来越多的人跑过来,白胡子也赶到了,关切地问是怎么回事。爸爸把儿子抱进自己的房间,放在床上,回头对跟进来的白胡子说:"有人要谋害冲儿,你赶紧调查,抓出真凶。"

白胡子满脸严肃,点了点头,就离去了。白步冲想说什么,张了张嘴,却发现自己连说话的力气也没有了,只能眼睁睁地看着空气越来越紧张,人们跑进跑出,好像大战就要开始了。

15 审问毛癞

白步冲心里清楚,爸爸一定是以为有人放烟雾。他很想告诉爸爸,那不是什么烟雾,而是他自己身体里冒出来的气儿。可转念一想,这是个秘密呀,怎么能告诉爸爸呢?万一爸爸怀疑了他的来历,后果就不好收拾了。

他暗自庆幸自己刚才没有开口,免除了后患。他也在心中笑道:看他们白忙活吧,怎么可能抓到凶手呢?哼,凶手根本就不存在,呵呵!

这样想着,他就安然入睡,美美地做上一个梦。可是,他做梦也没想到,白胡子真的抓到了凶手。

白步冲一觉醒来,听说凶手落网,简直以为自己在做梦。他撑着起床,要去看看到底是个什么倒霉蛋,被冤作凶手。

就在门外的院子里,爸爸稳坐在一把椅子上,威风凛凛。白胡子也坐在旁边,轻轻摸着自己的胡须,眼睛望着院门,等待着押进凶手。

爸爸看到儿子出来,愣了一下,侧了一下脸,但没有动身子。一个壮汉连忙跑过来扶着白步冲来到爸爸身边,另一个汉子快速递过一把椅子,让他坐下。爸爸一脸责怪,说:"你身子弱,要静养,出来干什么?"

"躺久了也闷,出来透透气嘛。"

"可是,这里不是游戏场,是要审……"

说话间,院门一阵骚动,几个壮汉押着一个五花大绑的人进来了。白步冲定睛一看,惊得差点叫出声来。就算用三角棒子把他的脑壳打瘪了,他也猜不出凶手竟然会是毛癫。

壮汉用力一推,毛癫向前蹿了几步,就一头栽倒在地。白步冲连忙起身准备去扶他起来,却被爸爸一把拉住了。爸爸用力地把儿子按到椅子上,小声说:"别动!"

毛癫的额头撞到地面,流着血。他挣扎着想站起来,可是手被反捆着,无法支撑,只能歪倒在地上。一个壮汉上前一把将他提起来,像插一根葱一样往地上一戳,他才站稳了。

白步冲这才看清他的脸,满是泪水,加上额头流下来的血水,再被灰土一抹,就成了一块五彩的图腾。他心里疼得一颤,侧脸对爸爸说:"快放了他吧,他怎么会是凶手呢?"

爸爸皱了一下眉头,侧脸望着白胡子。白胡子已经没有摸胡子了,眼睛睁大,直视着毛癫,非常不客气地说:"你还哭得出来?你看看你都干了些什么?啊!"

"我,我什么也没干呀……"毛癫嘴巴一瘪,又要哭了。

"你给我老实点,再敢说谎,后果你是知道的!"白胡子猛地一拍身边的茶桌,他自己的茶杯跳了一下,又站稳了。

倒是白卫的茶杯哐的一声翻了,茶水泼出来,流到地上。一个壮汉刚想过来收拾茶杯,白卫一抬手制止了。

白胡子歉意地看了白卫一眼,又转头瞪着毛癫,厉声说:"明明一大清早就有人看到你偷偷摸摸地出来,到了白步冲的屋后,抓到你的时候,你还趴在窗口呢。你还想说什么?"

"我,我是趴在窗口,可我只是往里看,什么也没干呀。呜——"毛癞终于忍不住哭出了声。

白胡子非常恼火,又要拍桌子。白卫连忙摆了摆手,让白胡子消消火,然后,用很平稳的语气问毛癞:"你一大清早,为什么要摸过来呢?"

"我,我是来找他玩的。"毛癞抽着鼻子,发出含混的声音。

白卫看了一眼儿子,又问毛癞:"你找他玩,为什么不走正门?"

"天太早了,你们肯定不让我来找他玩。"毛癞喷了一下鼻子,鼻涕横甩到脸上,"我妈也不让我出门,我是偷偷溜出来的。"

白卫低头想了想,又问:"你在窗口看到了什么?"

"冒烟,他浑身都在冒烟……"毛癞看着白步冲。

大家的目光都投到白步冲身上,好像他现在正在冒烟。他很不自然地笑了笑,说:"我,冒烟了吗?"

这时,院门口传来高亢的哭喊声,紧接着,毛癞妈闯了进来。她一见毛癞这个样子,就直接冲过来,指着白卫骂:"你要杀了我儿子呀?他一个小孩子家,能犯什么大错,你们就要这样对待他。我,我今天跟你们拼了……"

她扑向白卫,可是,扑到一半,被一个壮汉一把抓住,牢牢地拉回来,动弹不得。但她并不甘心,怒视着白卫,一口唾沫喷到了他脸上。壮汉刚要对她动粗,白卫连忙摆手,说:"算了算了,今天就先到这里,先给毛癞松绑,再找一个房间看起来。"

壮汉给毛癞松了绑,毛癞刚想靠近妈妈,却被拉走了。毛癞妈喊:"你们要把他带到哪里去?我告诉你们,他要有个三长两短,你们一个也别想好过!"

白卫望着毛癞出了院门,才说:"别担心,我会保证他的安全。不过,在事情弄清楚之前,必须把他隔离起来。"

毛癞妈想跳起来,却被壮汉按住了。白胡子走到她跟前,很不客气地说:"有人要谋害白步冲,你儿子是最大的嫌疑人。等查清楚了,他没事都好,他要有事,你也跑不掉。所以,你配合点,懂吗?"

毛癞妈一下哑火了,望望白卫,又望望白步冲,好像在问,他说的是真的吗?

白卫摆了摆手,说:"你也别太紧张,事情总有个结果。你回家等着吧。"

院子慢慢安静下来,只有白卫和儿子了。

白步冲好奇地问:"你确定我房间里是毒气吗?也许是白雾……"

爸爸摇了摇头,说:"那气味非常难闻,我进去的时候,都差点呛晕了。不过,我一直想不通,如果是毛癞放的毒气,那么,他到底有什么能耐呢?他一个小孩子,不可能呀!"

白步冲若有所思地点点头,轻咳了两声,说:"我现在可以回我的房间去吗?哦,我在你这里坐着,感觉浑身不自在。"

"当然,那气味早就散了。"爸爸摸了摸儿子的头,说,"你从小就只喜欢睡自己的床。"

白步冲回到自己的房间,看见屋外都站着卫兵,显然已经加强了警戒。他仔细打量着房间,好像没有什么变化,这反而让他为难了。因为刚才毛癞说看到他身上冒烟,大家虽然没有完全相信,但一定有人已经开始怀疑他了。如果他的真实身份暴露了,他不敢想后面会发生什么。不,一定要保住自己的秘密。

他皱着眉头想了好半天,突然有了灵感,反身把门关严。然后,他趴下来看了看床下面,那是个很隐秘的地方,在这里做一点手脚,应该是可以瞒天过海的。于是,他伸出右手食指,对着床下一指,那里就变出个浑身烧得焦煳的小怪物,谁也不可能认出是什么东西。

他满意地点了点头,躺到床上休息了一阵,觉得精神上来了,就起床出门。他刚把门拉开一条缝,就有一个壮汉迎上来,问有什么吩咐。要吃的要喝的都不是问题,马上搞定。

白步冲愣了一下,挠着后脑勺,说:"我不想吃也不想喝,就想去见见毛癞。"

这回轮到壮汉挠后脑勺了,他好像很为难,说:"这个,好像不可以吧。"

"我知道你们都怀疑他想毒害我。我也正为这事想不通,所以,我想当面跟他好好谈谈。也许只有这样才能掏出他的心底话哟。"白步冲眨了眨眼,故意放低声音,"你就跟着我一起去,难道还怕我放他跑了吗?"

壮汉想想也是,就前面带路,来到一间小房屋前。那里已经站着一个壮汉。白步冲装着很熟的样子向他挥了挥手,然后就推门进去,把两个壮汉关在门外。

屋里很暗,靠里面有一张床,毛癞正躺在床上,见门一开,马上就翻身坐了起来。他看清来人是白步冲,就笑了,好像肿的脸,额头的血都不存在了。白步冲倒是觉得心酸,想说一些安慰的话,却说不出口。

毛癞嘴快,拉住白步冲的手问:"我妈怎么样?她一定担心死了,其实我没事的。"

白步冲一阵心动。他真的很羡慕毛癞,没心没肺的,却有个妈那么在意他,他也那么惦记他妈。这种感觉会是什么样的呢?白步冲想破脑壳也挤不出一点汁儿来。最后,他只有勉强跟着笑了一下,说:"她,应该没事吧。我现在担心的是你,我是来救你的。"

"这么说,你真的相信我没有毒害你了?"毛癞用双手拉住白步冲的一只手,摇晃着。

"傻瓜,你怎么会害我呢?"

毛癞使劲点点头,说:"你想带着我逃跑吗?"

白步冲摇了摇头,说:"你只要保证不再说看到我身上冒气了,我就一定能救你出去。"

"可是,我亲眼看到……"

"你就不会看花眼吗?"白步冲急得甩开毛癞的手,"也许那股气儿是从床下发出来的呢?你想明白没有?"说着,他狠狠地拍了一下毛癞的脑袋。

毛癞还是一脸糊涂,点了点头,又摇了摇头。

白步冲没耐心了,就直接伸手和他拉钩,说:"一言为定,不准反悔了。等着,我来救你出去啊。"然后,他就快步出去了。

白步冲本来是想马上去见爸爸,没想到刚走出不远,就见爸爸匆匆忙忙地赶了过来。他正想跟爸爸解释,爸爸却一把抓住他的手,说:"真正的凶手抓到了,抓到了。"

爸爸的手特别有力,白步冲想抽都抽不出来,那一刻,他感觉自己好像就是凶手。他皱着眉头,望着爸爸,一肚子的好奇——又是哪个倒霉蛋被当作凶手了?

16 心中的歉意

爸爸拉着白步冲的手快步往前走。白步冲以为又要去审问谁,三转四转,却是来到了自己的房间。

爸爸松开儿子的手,非常严肃地说:"等我抓出凶手,你要有思想准备啊。"

白步冲一边点头,一边环顾四周,并没有什么人啊。正在奇怪,就见爸爸一弯腰,趴到床边,一伸手,捞出一个焦煳的怪物。

白步冲似乎明白了,但故作惊讶地后退几步,问:"这,这,这是什么东西?"

爸爸提在手中打量了一下,摇摇头,说:"已经烧得不成样子了,谁还认得出来呢!"

"那,你是怎么知道这就是凶手呢?"白步冲故意追问。

"我刚才来看你,你不在。我就闻到一股怪味,低头一看,床下面有这个东西。我全明白了,就是它烧着了,跑到了你的床下,才放出那么多的毒气。"爸爸说着,往外一扔,外面的大汉就把那个怪物捡走了。

白步冲假装好奇,追到门口,望着捡到怪物的大汉,小声嘀咕:"他,拿走了,怎么办?"

爸爸走过来，拍着儿子的肩膀，说："拿走好呀，越远越好。事情已经明了，都结束了，哈——"

"结束了？"白步冲一脸不解地望着爸爸，"那，毛癞怎么办？"

爸爸笑着捏了一下儿子的鼻子，说："我就知道你惦记着他，放心，我这就把他放了。"说完，他就往外走。

"我也去。"白步冲连忙跟了上去。

爸爸停住脚步，皱眉想了想，说："他现在正是一肚子的委屈，你去了，就会把气撒到你身上。别去吧！"

"那怎么行呢？"白步冲晃了晃身子，"他的事是因为我呀，就算他把气撒在我身上，也是应该的。等他消了气，我们还是好朋友嘛。"

爸爸高兴地拍了拍儿子的肩膀，说："你真是长大了。"一脸的骄傲。

父子俩往外走，没走多远，迎面撞见了白胡子。白步冲一见白胡子，就浑身别扭，因为白胡子总是用一种怀疑的眼光扫视着他。为了避开那讨厌的目光，他故意放慢脚步，落后一点。

爸爸和白胡子小声嘀咕了一阵，在说话的时候，白胡子的目光还不时投向白步冲。白步冲假装不在意，只是望着远处。交谈之后，爸爸就回过头来，对儿子说："你还是回屋休息吧。"语气不容置疑。

白步冲知道又是白胡子说了什么，气得腮帮子都鼓起来了，又不敢作声。望着他俩远去的背影，他狠狠地举起拳头，冲白胡子比画着。白胡子好像后脑勺长了眼，突然回过头来。白步冲连忙将胳膊在空中乱挥了几下，咧着嘴假笑着，说："我，胳膊不舒服,呵呵,我先回屋了哈!"然后,他转身就跑了,生怕被谁追上似的。

回到屋里,白步冲仰面倒在床上,心乱如麻。一是怕毛癞坚持说看到他身上冒烟了,二是觉得白胡子真是个大麻烦,他那苍老的目光好像在怀疑一切,当然也包括白步冲的来历。白步冲反复考虑,也不知道自己是哪里露出了破绽,让白胡子起了疑心。不过,从今天起,他得时时小心……

白步冲正在左思右想,就听外面响起忙乱的脚步声。他一挺身坐了起来,溜下床,抬脚就跑了出去。

关押毛癞的屋子前已经围满了人。白步冲心里一惊:莫不是他出事了吧!

他从人群中挤进去,才看清毛癞还是好好的站在屋门口,他的肥妈横在前面,挡住去路。爸爸和白胡子都站在一旁,好像控制不住场面了。

肥妈很凶,叉着腰瞪着眼,大声喊:"你们不给个说法,就不走,能关一年就关一年,能关一辈子就关一辈子。反正都是你们说了算!"

爸爸在劝:"刚才不是说了,误会嘛,是一个不明的怪物燃烧放的毒气。"

"现在知道是怪物了?当初没查明,为什么就冤枉我儿子呢?欺负我们孤儿寡母,我苦命的儿呀……"肥妈放声大哭。

"你有什么要求,可以提嘛,哭哭啼啼的像什么话?"爸爸皱着眉,手在空中摆了摆,一半生气一半退让。

"根本不是什么怪物放毒气,我家毛癞刚才还说了,他看到是白步冲冒烟,千真万确。你们为什么不追查他呢?"肥妈说着，一根短粗的指头突然戳向白步冲。

白步冲吓得后退两步，一侧身正好对准毛癞。毛癞躲在肥妈后面，双手乱摆，像刚从滚烫的开水里抽出来。白卫回头看了一眼儿子，又看了一眼表情古怪的毛癞，一时也哑火了。

眼看肥妈的气焰就要烧起来了，白胡子猛地咳嗽了两声，上前一步，一把打掉她举着的手指头，瞪着眼说："你吵什么呀？指这个指那个，你的指头很好看吗？"

肥妈被镇了一下，看看自己的指头，马上又来劲了："我的指头好不好看，跟你没关系。你别总拿老一辈的样子来压我们，我告诉你，我今天要讲的是道理，要讨的是公道。你们无缘无故把我儿子抓了打了，现在又说没事了，哼，我偏不，这事没完。"

白胡子一拍巴掌，说："你说得对，这事本来就没完，是谁说完了呢？那怪物是怎么跑进了白步冲的房间，我们还要追查。毛癞偷偷摸到了白步冲的屋后，在后面扒开了窗，这是事实吧。怪物跟毛癞有没有关系？是自己闯进去的还是谁放进去的？等这些都查清了，才能真相大白，所以……"

毛癞一听，吓得脸都白了，连忙拉扯着肥妈，让她别吵了。肥妈也愣住了，舌头短了一截，说："你们还要把我儿子关在这里？"

白胡子摆了摆手，脸上露出了一丝胜利者的微笑，说："他可以先跟你回家，等候消息。如果查出他和这事有关，决不轻饶！"

肥妈完全被镇住了，张着嘴回头望了望儿子，一伸手就拉着他往外走。人群马上闪开一条道，有躲闪不及的就撞上了，肥妈就用力推开。那些人也不恼,都嘻嘻哈哈地逗乐子,有的说:"别慌着走呀,还没讨到说法呢!"有的说:"看看那烧焦的是不是你家的猪崽?带回去吃,很香的。"……

肥妈没有心情理会他们,拉着儿子一路小跑,逃走了。

望着毛癞的背影,白步冲心里很不是滋味:这一切根本就和毛癞没有一根毛的关系,可是,他却被卷了进来,受了不少罪,还连累他妈也跟着受气、受委屈、遭耻笑。他多想上前阻止、解释,告诉大家,毛癞是无辜的。可是,不能,那样一来,他就会暴露,后果就无法收拾了。所以,他只能忍着,等有机会再向毛癞道歉。

白卫见儿子闷闷不乐,就挥手让大家散了,走过来把一只手搭在儿子肩膀上,说:"别难过,我知道,毛癞是你的好朋友,可是,我是部落首领,必须有原则……"

"原则?"白步冲突然有一股压不住的火气,"他是无辜的,你明明知道,可就是不肯道歉。这就是你的原则吗?"

白卫愣了一下,又勉强笑了一下,说:"你生气了,我完全理解。可事实真相并没有揭晓,那个怪物怎么会无缘无故地跑到你床下去呢?而且还是烧煳了的。毛癞难道一点嫌疑都没有吗?也许就是他放进去的,当然,可能是无意中……"

"怎么可能呢?他就算趴在窗口睡着了,那么大一个怪物进去,他也应该看得见呀!"白步冲很不服气,直视着爸爸。

白卫显然也有点失去耐心了,忍了忍,吞了口唾沫,说:"你既然这样肯定不是他,那么,怪物是从哪里进去的呢?门是紧闭着的,难道是你自己带进去的吗?"

白步冲心里一虚,目光移到一边,不敢正视爸爸,吞吐半天，才说："我，怎么知道呢？当时，我病了，睡着了，所以，我……"

白卫看着儿子虚弱的样子，一阵心疼，就伸手摸了摸他的头，说："别太往心里去，我也不会为难毛癞的。我这样做是要维护部落首领的尊严，你以后会慢慢明白的。"

白步冲不敢再争执下去了，怕露出马脚，就点了点头，说："我累了，先回去休息了。"然后，就大步离开了，走出老远，他还能感觉到爸爸的目光落在他的后背，像背着毛刺。

回到房间，白步冲真的觉得累极了，倒头就睡。迷迷糊糊，他突然听到窗框有扣动的声音，不觉浑身一紧，挺身起来，慢慢摸到窗边上，猛地推开窗子。一只烧焦的怪物冲了进来，他吓了一跳，侧身闪过。紧接着，第二只又冲了进来，后面还跟着第三只、第四只……

他在房间里左躲右闪，已经没有立足之地。突然，窗外传来一阵冷笑。他转头一看，毛癞正抱着双臂看笑话呢。

他非常气愤，冲毛癞喊："你还笑得出来，快来帮我呀！"

"刚才你不帮我，我为什么要帮你？这叫有来有往，来而不往非礼也嘛！"毛癞摇头晃脑，就像在背书。

白步冲一步跨到窗前，怒视着毛癞，说："这么说，就是你放怪物进来的了？你原来是这样的人，我终于明白了。"

"可惜，你明白得太晚了。"毛癞把嘴巴噘了一下。

白步冲连忙转身，就看见那些怪物一起向他扑来，一下把他淹没了。他惨叫一声，倒在地上。

17 探望毛癞

白步冲一下惊醒,浑身都是冷汗,心跳加速。他摸着自己的胸口,好半天才缓过劲来。想着刚才的噩梦,他决定去看望毛癞。

他来到毛癞家门口,肥妈刚帮他清理好伤口,每一个青紫或者流血的地方都贴上一片绿色的白杨树叶,样子非常滑稽,就像村落里的大人们打纸牌,输了一晚上,脸上贴满纸片。

肥妈端着一盆清洗伤口的脏水,一出门,就看见了白步冲。她愣了一下,还是狠狠地把水泼了出去,然后转身就准备关门。幸好白步冲躲闪得快,才没有成为一只落水狗。毛癞已经看到了白步冲,就连忙上前拉住门,一脸央求地望着妈。肥妈咬了咬牙,狠狠地瞪了儿子一眼,就进屋收拾椅子上的一些东西。

毛癞拉开门,以一种古怪的表情迎接白步冲,因为脸上遮挡太多,隐约可以猜出他是在笑。白步冲走到近前,本来想安慰两句,望了一眼里面的肥妈,嘴张了张却没说出话来。

毛癞已经领会了好意,就吸了吸鼻子,鼻尖上的叶子乱抖动,小声说:"没事,现在已经不疼了。我做做样子主要是想吓唬我妈,免得她又哭又闹的。"反而好像是在安慰他。

白步冲更过意不去了,说:"对不起,其实那个怪物,我,也不知道该怎么说,反正我知道不关你的事,都是我不好。"

毛癞很感激地点点头,马上也自我检讨:"我也对不起你,把你身上冒烟的事告诉我妈了。"

肥妈带着一股气,搞得叮当直响。白步冲警惕地望了一眼弯腰收拾东西的肥妈,问:"你为什么要告诉她呀?"

"她是我妈呀,又不是外人。"毛癞眼里是天然的信任。

白步冲从来没有妈,也不能体会这样的情感,但心里隐隐有一些羡慕,就问:"妈比朋友更重要吗?"

毛癞点了点头,又连忙摇头,说:"不不,那不是一回事。"

白步冲越搞越糊涂了,还想追问。这时,肥妈已经收拾好了,直起腰来,拍了拍手上的灰,走到门口,大声说:"你们别在这里嘀咕,实话告诉你们,我不怕他们,他们都是胆小鬼!"说着,她一叉腰,冲出一口粗气。

白步冲吓得后退一步,一脸不自然的笑,求救似的望着毛癞。毛癞连忙伸手隔开,像劝架似的,又挡不住心中的好奇,追问:"你是在骂他爸爸和白胡子吧?他们怎么会是胆小鬼呢?"

"他们只会欺负我们孤儿寡母,站在村口,个个耀武扬威的,出了村口就都成了缩头乌龟。"肥妈一边扬着手,一边喷着唾沫,像要跟谁打架,但显然不是跟眼前这两个小孩子。

毛癞很不喜欢肥妈的这种样子,也很不同意她的说法,就反驳:"哪是这样的呢?他们很勇敢嘛,一直杀到了狼的老窝,还活捉了小白狼呢!"他望了白步冲一眼,想得到他的支持。白步冲却把眼皮耷了下来,盯着地面。那一刻,他想到了小白狼,心里特不是滋味。

肥妈见儿子顶撞,跳了起来,双脚落地,震得门框乱晃。

她戳着儿子的额头,说:"你懂个屁呀!我今天就实话告诉你,你爸根本就不是被狼叼走的。那天,他根本没有遇到狼,而是进了死亡谷,就再没有回来了。他们都不敢提起,也不让我说出真相,哼,这就是你说的勇士!"

一听到死亡谷,白步冲心里一动,忍不住问:"你到过死亡谷?你是怎么知道真相的?"

"我假装上山打柴,专门去找他们的脚印,那些踩倒的茅草路根本没有通向山上的狼窝,而是到了死亡谷。"肥妈的语气突然低落了,脸上掠过阴云,不知是因为害怕,还是悲伤。

白步冲一下转变了看法,觉得她很可怜,不忍心再打搅了,就对毛癞说:"你好好养伤吧,我先走了。"然后,转身快步离开。

毛癞想冲出去,却被肥妈一把拉住了。毛癞急得直跺脚,眉头一皱,计上心来,喊:"我要撒尿!"肥妈才肯松手。

白步冲离开毛癞家,心中烦躁,就到村口去散心。他背靠着一棵白杨树坐下,仰望着大山,自然就想起了小白狼。不知他是不是回到了老窝,那里又会是什么样子呢?

一想到小白狼,白步冲就感到无比亲切。不,他觉得自己又回到了黄小蛮的身份,他真的不想在这里假装白卫的儿子,如果能变回原形,上山和小白狼在一起,该多自由自在呀!但他清楚,他已经身不由己,如果白步冲突然消失,白杨部落就会大乱,白卫会带着人上山,那时,受伤害的又是狼群。可是,他在这里,每分每秒都觉得难熬……

他双手捂住脸,痛苦地低吟:"我该怎么办?告诉我呀,该死的白崖飞,你要还回黄小蛮,越快越好……"

"黄小蛮是谁?"突然,树后传来一个声音。

白步冲惊得腾一下弹了起来,原地转身,拉开架势,准备打架。那人被吓得双手乱摆,身子后仰,扑通倒地。白步冲这才看清是毛癞,连忙上前拉他起来。

毛癞脸上贴的白杨树叶子掉了好几片,露出了青紫的伤。他不停地喊着"哎哟,疼呀",然后就满地找弄掉的叶子,又往脸上贴。

白步冲看见那些叶片已经沾满了灰,就皱了一下眉头,纵身一跃,抓下一把新鲜的树叶,伸给毛癞,说:"换这个吧。"

毛癞连连摇头,带动了伤,疼得龇牙咧嘴,半天才把手里的叶子晃了晃,说:"这个是我妈秘制的。"

"秘制?不就是树叶吗?"白步冲看了看自己手中的叶片,比毛癞的更鲜嫩可爱。

毛癞把一片灰溜溜的叶片贴到额头,又捡起一片,举到白步冲面前,说:"我妈总是一个人上山打柴,顺便就会采一些草药,用砂锅慢慢地熬,就能熬出治各种病的汤药。我这个叶片,就是用汤药泡过的,专治跌打损伤。我妈说了,只要贴在伤口上不动,三天之后揭下来,连一点印子都找不到呢!"说着,他的嘴巴往上噘起,很骄傲的样子,好像他脸上不是伤,而是勋章。

白步冲想笑,强忍住了,眉头皱得像团麻。等眉头舒展了,他才轻笑着问:"是吗?有这么神奇吗?"

啪,毛癞将一片叶子贴到脸上,疼得咧了咧嘴,然后,拍了拍胸脯,又疼得直咧嘴,估计那里也有伤。等嘴巴合拢之后,他才说:"你看看我,能长得这么胖,就是喝了汤药。那是一种专管长肉的。"

白步冲哈哈笑了两声,说:"那你妈一定也喝了那种汤,对吧?"

毛癞愣了一下,又连忙点头,说:"是呀是呀,她每次让我喝之前,就会先尝一口,估计就是那一口,让她也长了不少肉。"

白步冲笑得肚子疼,捂着肚子,摆了摆手,表示不想再讨论这个问题了。

毛癞闭住嘴巴,才想起刚才吓飞的问题,又张嘴了:"谁是黄小蛮呀?"

白步冲不敢看毛癞,连忙把头转向大山,沉默了好半天,才说:"哦,是我在山上的时候,交的一个朋友。"

"一定是狼吧。"

"不是。"白步冲摇了摇头,"是一个四不像,连她自己也不知道是谁。"

毛癞慢慢点了点头,一副似乎明白了的样子,然后,也望着山上,说:"黄小蛮也和狼在一起吗?"

"应该是吧。"白步冲耸了耸肩膀,表示自己也不肯定。

这时,毛癞突然拉住白步冲,说:"快跑,我妈来了。"

白步冲转头一看,肥妈果然正向这边赶过来,就奇怪地问:"你又惹火她了吗?"

"没有那么严重吧。"毛癞急得直跺脚,"我刚才只是骗她,说要撒尿,就从茅厕里偷偷溜出来了。"

"这已经相当严重了,还愣着干什么?快逃吧!"白步冲拉着毛癞就向山上跑。

肥妈赶到树下，已经喘得跑不动了，弯着腰，双手撑腿，喊："给我回来，回来呀！"

白步冲和毛癞根本不听，一前一后，拼命往山上跑，肥妈的声音越来越小，最后完全消失了。这时，他们已经来到了半山腰，树木高大，遮蔽了阳光，茅草齐腰，前面已经没有路了，每走一步都要探着脚。

毛癞累得半死，吓得脸发白，拉着白步冲衣角，小声说："我们是不是跑得太远了？回去吧。"

白步冲觉得这是个好机会，就笑着问："你不想到死亡谷里去看一看吗？"

毛癞拼命摇头，脸上的叶片都掉落了，肉乱晃。那样子，就像逼着他跳悬崖似的。

白步冲皱眉考虑了一下，说："要不，我们去找小白狼玩，怎么样？"

"不怎么样。"毛癞指着自己的脸，"你看我这一身肉，狼一见就会流口水的。"

白步冲拍了拍他的肩膀，那里确实挺多肉的，安慰他，说："没那么可怕。首先，我是狼的朋友，你又是我的朋友。你想想，谁会得罪朋友呀？再有，你如果不想去，就自己回去吧。"

毛癞茫茫然望着白步冲，舍不得朋友，只好慢慢点点头。白步冲趁势一把抓住他的手，就向前走。一切已经没有商量，好像只能向前了，毛癞脑袋里一片空白。

快到山顶的时候，白步冲突然要毛癞趴下，说前面就是狼窝了。毛癞吓得一屁股坐在地上，浑身瘫软，因为他做梦也没想到，自己会跑到狼窝里来。

18 查找狼窝

白步冲想拉毛癞起来,一伸手,死沉死沉,像个肉粽子,就松开手,望了望山上,说:"你越害怕,越会暴露,快找个地方躲起来。"

这话很灵验,毛癞晃荡了几下肉身,就爬了起来,左右望了望,不知该往哪里藏。白步冲指了指前面一块岩石,拉着他一起冲了几步,蹲到了下面。岩石没有想象得那么大,他俩挤在一起,总有一个人会露出半边身子。

毛癞喘着粗气,一脸焦急,说:"狼窝在哪儿?我怎么看不到呀!"

"别急,过了这块岩石,就全是狼窝了,一会儿你准能看见。"白步冲轻轻拍了拍他的肩膀,安慰着。

毛癞更急了,说:"我不想看到狼窝,回去吧!"说着,就要起身。

"你回去吧,我留下。"白步冲没有阻止,只是小声说,"回去的路上也许会遇到好多狼。"

毛癞吓得腿脚发软,又差点坐到地上。他扶住岩石,问:"我就躲在这里不走,行不?"

"我没意见,不过,狼会到这里来找食物的。"白步冲起身绕过岩石，向前走去。

"食物？我可不想成为食物。"毛癞嘀咕着，慌忙起身跟了上去，生怕慢半步就会被狼逮到。

白步冲已经看到了他藏身过的洞口，非常小心地向前探步。毛癞却像个撞针一样不停地冲撞着，白步冲无法探步，最后看起来就像一个无畏的勇士，大步流星地奔向洞口。白步冲当然不敢直接冲进洞，到了洞口，他迅速地闪到旁边。毛癞又一次撞上去，撞空了，整个身子就冲进了洞里。白步冲想拉住他都来不及，只有暗叹他是真的"勇士"。

赞叹声还没落地，"勇士"就反身冲了出来，抱着白步冲乱抖半天，突然哇地哭了起来。

白步冲很不习惯被抱这么紧，好不容易分开，望着涕泪满面的"勇士"，问："你看到什么了？至于吓成这样吗？"

"狼……全是狼……呀！"

白步冲吓了一跳，马上又觉得不对劲，就问："全是狼，怎么没有为难你呢？"

"死的，全都死了……"

白步冲一惊，马上想到了小白狼，就一把推开毛癞，冲了进去。里面的情景真的让他傻眼，地上堆积着狼的尸体，血肉模糊，泛起一阵阵腥臭。他没有犹豫，上去就开始把狼一个个拖开，扔到一边。

毛癞从洞口伸出脑袋，战战兢兢地问："你，要数清楚有多少只吗？"

"我不是数学家，对数字不感兴趣。"白步冲回头瞪了一眼，"你能不能过来帮帮忙？"

毛癞犹犹豫豫地往里伸出一条腿,看见一匹狼咚的一下被扔到面前,就毫不犹豫地把腿收了回来,嘀咕:"你还是帮帮我吧,不要再翻腾这些狼了。"

"我在找我的朋友,你知道吗?啊?"白步冲满脑子冒火,冲毛癞大吼,恨不得把一头死狼扔过去。

"哦!"毛癞应了一声,终于明白了,就跨进来,指了指地上,还是没有伸手,"你看,都看得清楚了,没有小白狼。"

白步冲这才冷静下来,看了一眼,地上确实已经被翻了个底朝天。

毛癞一秒也站不住了,捂着嘴转身跑出洞口,蹲在地上狂吐。白步冲只好跟出来,准备给一点安慰,一抬头,看到远处还有一个山洞,就迈步走了过去。毛癞一想到自己蹲在一堆死狼旁边,就浑身发紧,马上忍住吐,起身追上去,喊:"等等我,等我呀!"

这个洞就是小白狼居住的,白步冲多么希望小白狼就在里面,于是,加快脚步向前。可是,毛癞紧追不舍,吵闹声不断。白步冲突然停住,指着面前的洞口,说:"这是最大的狼窝,你就不怕把狼招出来了?"

毛癞一听,又连忙捂住了嘴巴。这回不是想吐,是把声音捂住了。

白步冲走到洞口,侧耳听了听,没有响动,又拍了两下手,还是没有回应,就弯腰钻了进去。里面有些暗,也有些深,但并没有隐蔽之处,他一直走到尽头,一根狼毛也没看到。他准备出去,一转身,撞到一个黑砣砣,吓了一跳,定睛一看,是毛癞。

白步冲很生气地推了他一把，说："你不是在外面蹲着吗？跑进来干什么？"

"我，自己在外面，狼会吃了我的。"毛癫胆怯地指了指洞外，好像那里趴着狼。

白步冲见他还堵住去路，就狠狠地说："你进来了，狼会把我们两个都吃掉的。"

"啊，真的吗？"毛癫吓坏了，赶紧往洞外跑。

白步冲出了洞口，没心思理会毛癫，又到四周的洞口查看。毛癫紧追在后面，生怕掉了半步，就像被一根绳子牵扯着。

所有的洞都是空的，连新鲜的狼脚印都没有。白步冲坐在山顶的一块岩石上望望左边的山坡，又望望右边的山坡，一时不知该往哪里去。

毛癫也累坏了，歪坐在旁边，说："狼窝遭到洗劫，就会全部搬走。这里当然就没有狼了。"

白步冲眼睛一亮，问："哦，你怎么知道呢？"

"我妈说的。"

"你妈有没有说，狼会往哪里搬呢？"白步冲似乎抓到了希望，追问。

毛癫摇了摇头，把右手的食指和中指咬在嘴里，一副抱歉的神情。白步冲轻轻叹了口气，没再作声，抬头向远处的山头望着。那山头比这里稍高一些，翻过这座山，再往前没有多远，也没有很低的山谷，就是一片长长的坡地连接着。

毛癫也跟着张望，突然叫了起来："狼，肯定是狼！"

白步冲眯缝着眼望着毛癫，皱着眉，认为他是被吓的，到处都是灿烂的阳光，哪里有狼？

毛癞见白步冲不相信，有点着急，指着对面的山头，说："你看，闪光……"

"闪光怎么了？一颗石头在太阳下面就会闪光呀。"白步冲说着，还顺手捡起一块石头，把太阳光反射到毛癞脸上。

毛癞抹了一把脸，就像抹掉一块脏迹，然后，很认真地说："石头的反光是不会动的，对不对？可是，那个反光在动，时有时无。我妈说了，那是狼牙。狼热了就会把嘴巴张开，露出牙齿。"

"嗯，你妈说的好像有道理。"白步冲扔掉石头，撑着站起来，抬腿就向对面山头走。

毛癞也不落后，起身就走，不过，方向正好相反。走出好几步，他才发现白步冲离得很远了，连忙回头，喊："喂，那边是狼窝，你走错了。"

"没走错，我就是要去狼窝。"白步冲笑了一下，故意表现得轻松一些，冲毛癞招手。

毛癞没动，不停地摆手，说："我陪你冒险到这里，已经超出我的心理极限了，不能再多了。"

白步冲只好挥了挥手，说："好吧，你先下山，回家，我过去看看。"然后，就大步向前。

毛癞往山下走了几步，就看见了那个堆满死狼的洞口，吓得浑身一哆嗦，转身就往回跑，不一会儿就追上了白步冲。

白步冲奇怪地望着他，说："跟着我，很冒险的。"

"是呀，是呀……"毛癞一脸紧张地回头望了一眼，好像有狼追上来，"不跟着你，更冒险。"

白步冲偷笑了一下，就拉着他的手，一起向前走。走过一段光秃秃的石头山坡，前面是一片松树林，枝叶茂密，把大片的阳光隔在外面，林子里满是阴凉，一阵风来，更是爽到毫毛尖上。

毛癞抱着一棵树干就不肯走了，身子一歪，坐在树下，大口喘息，享受极了。白步冲伸手拉，怎么都拉不动了。

这时，一阵更大的风吹过来，树枝磨得咯吱乱响，松针掉落了一地，四周的茅草齐刷刷地向一边倒。白步冲抽了抽鼻子，闻到一股异样的腥味，抬头一看，茅草丛中冒出了几匹狼。那些狼没有急于进攻，而是张着嘴站立着，露出白森森的牙齿。

白步冲小声说："抬头看。"

毛癞一抬头，看见了狼，浑身一抖，就地弹了起来。狼们也吓了一跳，发出低吼，弯下身子，准备攻击。

白步冲连忙把毛癞按到树干上，说："别乱动，狼也怕你，知道吗？"

"告诉狼，别怕我，放我们走吧！"

"我说了，他们也不听呀。"

"你和他们不是好朋友吗？"

"没有，我只和小白狼是好朋友。"

"啊，你为什么不多交几个朋友呢？你爸没告诉你，要广交朋友吗？"

说话间，狼越来越多，渐渐形成一个半包围圈。毛癞浑身抖得已经站不住了，只有死死抱着树干。白步冲背靠着树干，把毛癞护在身后，紧张地盯着狼群。狼群步步紧逼，包围圈渐渐缩小。

白步冲已经能清楚地看到狼的眼睛里映出的自己的身影，

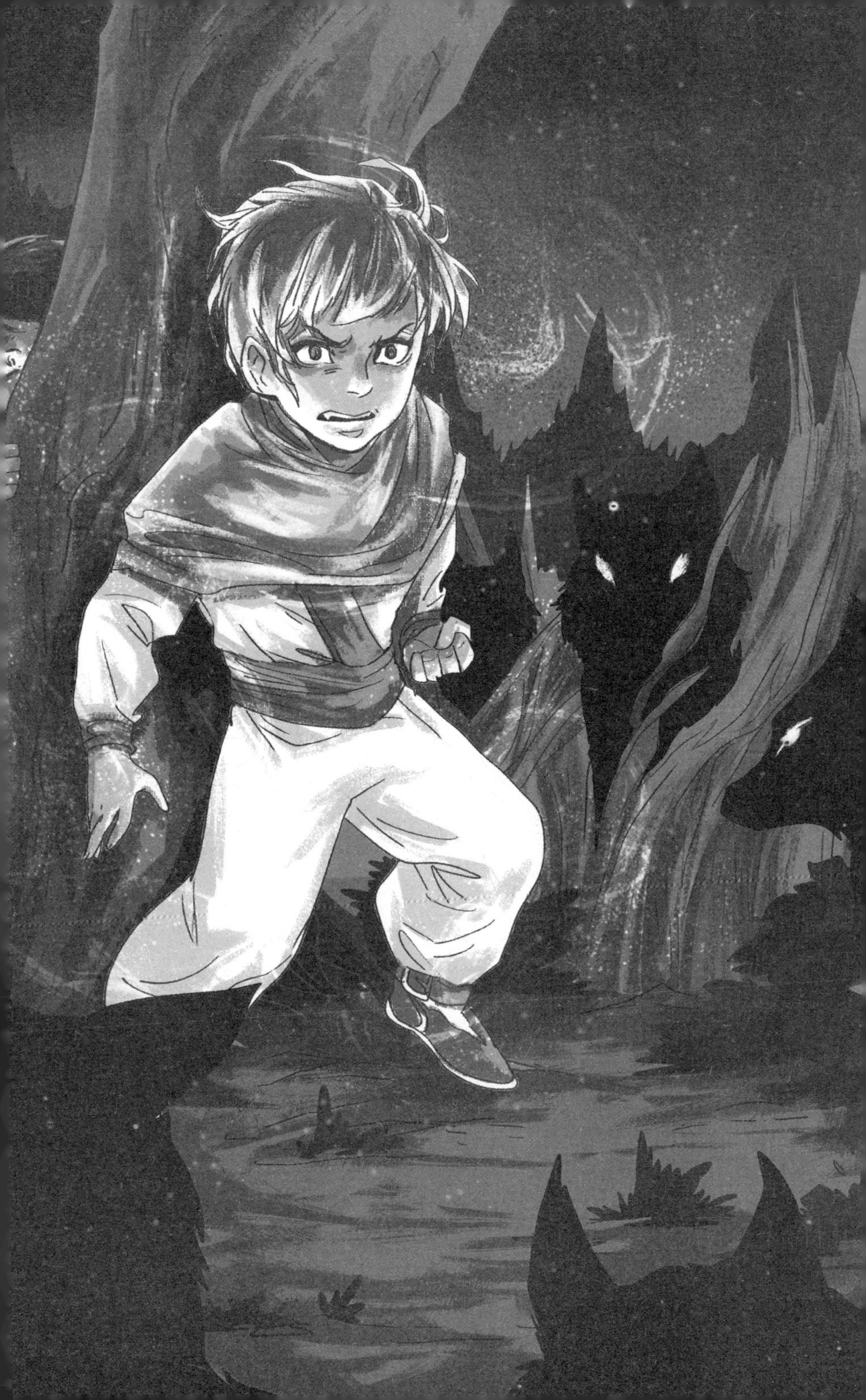

暗想：要和这么多狼斗，就必须露出原形。可一旦露出原形，以后还能不能还原成为白步冲，就难说了。但此刻，他也顾不了那么多了。

他弯下身子，拉开架势，让骨头用力撑着皮，暗暗数着，只等狼再往前一步，他就要撑破皮囊，原形毕露。

19 再见小白狼

突然，狼群后面一阵骚动，一匹狼急切地往前面挤来，白步冲定睛一看，正是小白狼白崖飞。

白步冲一阵惊喜，很想冲过去，又怕旁边的狼不依，就只是晃动了一下身子。最前面的狼果然受不了了，要往上扑。小白狼猛地冲上前来，挡住，喊："不要乱动，他们是我的朋友。"

毛癞听不懂狼语，以为狼要进攻了，吓得直爬树，身子太肥，又爬不上去，摇得树乱晃。白步冲轻轻一拉，毛癞就从树上掉下来，像个肉球躺在地上喘粗气。白步冲狠狠地瞪了一眼，小声说："你跟树有仇啊？安静一下，好不好？"

这时，小白狼已经来到了面前，看到白步冲一脸愁容，就问："怎么，见到我很不高兴吗？"

白步冲转脸看了看狼群，说："就这阵势，我高兴得起来吗？"

小白狼转身对狼群喊："你们都退下。"

一眨眼，狼都离开了，无影无踪。

毛癞从地上爬起来，吃惊地睁大眼睛，冲小白狼竖起大拇指，说："你真厉害，他们都听你的呀！"

白步冲伸手把毛癫的拇指打回去，转向小白狼。他以为现在小白狼该跳起来扑过来，庆祝一下他们重逢了，可是，小白狼脸上没有想象中的喜悦，只是淡淡地说："要不要到家里去休息一下？"

白步冲回头望了一眼毛癫，然后，向前走了一步，小声说："不去吧，我怕他心脏受不了。"说着，他暗指了一下毛癫。

小白狼没再勉强，情绪也不高，只是站着，头稍稍低下去。

"我们就在这里聊吧。"白步冲又往前跨了一步，已经贴近小白狼了，"你，还好吗？"

小白狼吸了吸鼻子。面前站的虽然是白步冲，但他能闻到黄小蛮的气息，那种气息让他找到了可以释放委屈的勇气。他突然扬起头，张开嘴巴，露出白牙，对天长吼："嗷，嗷——"

毛癫惊得毫毛倒竖，以为狼要咬人了，一转身又想上树，当然还是上不去，只是抱着树摇晃。白步冲这次没心思担心树了，知道小白狼这是伤心到极点的表现，就一把抱住他，轻轻抚摸着他身上的毛。

小白狼狂吼了一阵，力气差不多用完了，嗓子也哑了，就垂下头，靠在白步冲怀里呜咽起来。

毛癫搞不懂这小白狼是怎么了，一会儿对着天狂吼，一会儿对着人乱拱。他一愣神，好不容易摇晃了半天，爬上一点高度，嗖的一下就没了，屁股又重重地吻到了地面。他干脆坐在地上不起来，压低喘气望着前面这两位。

等小白狼抽泣得差不多了，白步冲才小心翼翼地说："有什么事，说出来吧，会好受些。"

"我妈，她，已经死了……"小白狼说着，又抽了几下。

"什么？被人杀的吗？"

小白狼摇了摇头，说："是跟我爸走的。"然后，他就断断续续地讲了这几天的事儿。

小白狼那天带着爸爸的头从村口逃了出来，一路跌跌撞撞，好几次摔倒，爸爸的头滚出老远。他连滚带爬地扑上去，抱住爸爸的头，连连说对不起。最后好不容易才回到了山顶，却没见狼影，山洞里全是空的……

"不会呀，有个山洞里堆满了死狼。"白步冲打断小白狼。

小白狼愣了一下，说："我是直接跑回我的家，没找到我妈……"

"啊，你妈是怎么死的，也在那一堆死狼里面吗？"白步冲一脸的焦急。

"那时，我妈还活着。"

"哦，那么，这一堆死狼是怎么回事？"

"你听我慢慢讲，好不好？"

白步冲只好闭嘴。小白狼终于掌握了话语权。

小白狼找不到妈妈，也见不到一匹活狼，就呜咽起来。突然，身后一阵响动，他以为是人追上来了，吓得叼起爸爸的头就跑，没跑出几步，又停下来了。原来，慌乱之中，他叼错了，嘴里是一个木头疙瘩。他扔掉木头疙瘩，回身去抢爸爸的头，却见一个黑影已经站在那里。

谢天谢地，那不是人，是狼。他定睛一看，认出是如风。如风慢慢叼起头颅，递给小白狼，然后，把他带到一个山洞里。洞里堆满了死狼，充满了异味。小白狼不怕异味，却被眼前的景象惊呆了——他怕如风会告诉他，妈妈也在这堆里——浑身一紧,手一抖,爸爸的脑袋嘭的掉到地上,慢慢翻滚了两圈,就像个笨熊在栽跟头。

如风看了一眼地上的脑袋,没有动,而是直直地盯着小白狼。小白狼也没有心思管脑袋,一心追问妈妈的下落。如风说他妈不在这堆里,已经撤到后山上去了,正在一个安全的山洞里养伤。小白狼这才松了一口气,问这些死狼是怎么回事。如风说都是被人砍死的,没办法掩埋,就都堆积到这里了。如风还说,这也是狼族的习俗,把这些狼按年龄大小,有顺序地堆放上来,如果是一家的,就堆在一起……

"什么什么?堆尸体还这么有讲究吗?"白步冲忍不住啪啪地问,其实心里很过意不去,因为他刚才已经把那些狼全部扔得乱七八糟了。

小白狼奇怪地看了他一眼,说:"你不信吗?要不,我带你去看看。"

白步冲连忙摆手,支吾半天,想出了理由:"我,会很伤心的。我想,你也不愿意看到我伤心吧?"

小白狼想想也是,就没有坚持要带他去,清了清嗓子,继续讲故事。

后来,如风带着小白狼来到后山,狼族已经全部搬迁到这里,妈妈也在一个山洞里静静地躺着。妈妈的眼睛本来是闭着的,突然,她闻到了一股异样的味道,吸了吸鼻子,睁开眼睛,吃了两惊。一惊是看到儿子站在面前,他竟然还活着,活着,这是多么不可思议呀!二是看到了狼王的头颅,那个被高悬在村口的她最最亲爱的头颅竟然就叼在儿子嘴里,她以为自己在做梦。为了证明自己醒着,她拼命撑着起身,疼得惨叫一声。

小白狼吓了一跳，牙齿一松，爸爸的头颅掉在地上，还没来得及翻滚，妈妈就扑上来，全身压住，像抢宝贝时磕到了牙，呜呜地痛哭起来。小白狼以为妈妈哭一会儿就好了，没想到妈妈的悲伤没完没了。她哭不出声了，就抽泣，抽不动了就暗暗地流泪，谁劝都没有用。最后，大家只得都离开，小白狼独自陪着妈妈。

小白狼又累又困，一闭眼睛就睡着了。他醒来的时候，已经是半夜，透过洞口能看到天上一轮圆圆的月亮。月光刚刚能照到妈妈身上，妈妈躺着一动不动，怀里还抱着爸爸的头颅。小白狼以为妈妈睡着了，就轻轻地拉扯头颅，想放到一边，让妈妈好好休息。可是，他怎么也拉不动，不得不使很大的劲，连妈妈的身子都带动了，妈妈竟然不松手，也没有醒。小白狼觉得不对劲了，凑近了闻妈妈的鼻尖，已经没有气息了。

他想哭，却哭不出来，因为他看到妈妈脸上竟然挂着一丝笑。真的，那就是笑，非常满足非常幸福的笑。是爸爸给她带来的吗？他无法体会，但他知道，妈妈终于可以和爸爸在一起了。

天亮之后，如风主持了一个很隆重的仪式，把狼王和狼后合埋在一个坑里。然后，他一刻也不耽误，直接宣布新一代的狼王就是白崖飞。小白狼自己都没反应过来，不过，他看到狼群里没有一个反对的声音，如风又是那样一脸鼓励地望着他，就只好默认了。

"恭喜你！几天不见，你都成狼王了。"白步冲也觉得意外，但祝贺是没错的。

小白狼咧了咧嘴，说："不说我了，说说你吧，怎么跑到山上来了呢?"

"死亡谷,你还记得吧?你要和我一起去那里找我妈。"白步冲手乱比画着,好像有许多话一时也说不清。

"啊,你不是一直不知道自己是谁吗?怎么突然想到找妈?"小白狼很惊讶。

"是我爸告诉我的,说我妈不是被狼叼走的,她进了死亡谷,就再没有出来。"白步冲一脸的认真。

小白狼听明白了,停顿了一会儿,才说:"别忘了,你不是人。"

白步冲一听,连忙摆手,回头望了望毛癞,对小白狼说:"小声点,我们到那边去说话。"他指了指前面的一块岩石。

毛癞说:"你们不用换地方,我又听不懂你们在说什么。"

白步冲没理会,还是拉着小白狼绕到了岩石后面,才说:"不管我是不是人,我总得有个妈妈吧?"

"可那不是你的妈妈……"

"我知道,但我很难劝说自己。"白步冲怕自己太激动,拍了拍前额,冷静了一点,"那你告诉我,我现在是谁?从我钻进这个人身体的那一刻开始,我就在努力扮演一个人的角色,我叫白步冲,我的爸爸叫白卫。他一直用那么爱抚的眼光看我,我面对他的时候就会感到温暖,真的希望他就是我爸爸。这种感受已经让我分不清自己是谁了,你要我怎么办?"

"回来,到我身边来,回到你的原形,我们还像从前那样……"

"太迟了,真的!"白步冲不停地摇着头,一脸的痛苦,"我今天来,就是想请你和我一起去死亡谷,我妈妈也许还活着,我要救她……"

"不,不可能!"小白狼吼了一声,"我不会帮你去救一个人的。人是怎么对待狼族的,你应该很清楚。我爸妈就埋在山上,他们都是被人害死的。我决不会做对不起他们的事,决不!"他的眼中闪着尖利的光。

白步冲心里一紧,感到一阵寒意。他知道这就是结果了,于是,轻轻拍了拍小白狼,说:"好吧,再见!"然后,转身就走。

毛癞跟上来,喊:"怎么就走了呢?这是要到哪里去呀?"

"死亡谷!"白步冲咬牙说出这三个字,头都没有偏一下。

毛癞吓得脸都白了,一屁股坐在地上。他回头一看,小白狼也是一脸凶相,就连忙爬起来追上去。死亡谷是传说中的可怕,总比这眼前可怕的小白狼要好一点点吧。

20 初探死亡谷

白步冲来到死亡谷口的时候,毛癞已经吓得就差给他磕头了。毛癞紧抓着白步冲,使劲摇晃着说:"求你了,别去惹事!傻子都知道,谁进去也别想活着出来。"

"也许我是个例外。"白步冲望了望幽深的山谷,轻轻拍了拍毛癞的手,"你就留在这里,我先进去,看看到底是什么妖魔鬼怪!"

"你为什么要对妖怪感兴趣呢?还是算了吧,回去吧!"毛癞不肯松手。

"我对妖怪没兴趣,我只是想找到我妈。你别忘了,你爸也在里面。"

"可是,他们都死了……"

"胡说,他们只是消失在这里面,谁也不能证明他们已经死了。"白步冲狠狠一甩手,毛癞退出几步,重重地坐在地上。

白步冲没有理会,迈步向谷底走去。越往里走,越是有一种熟悉的气息扑面而来,他甚至还能记起刚刚从壳里钻出来的情景。那时,小白狼就站在面前,从此,他们成了最亲密无间的朋友。没想到,这一次,小白狼竟然不肯一起来这里,唉……

突然,他的脚被什么绊了一下,他低头一看,正是一片碎壳。他蹲下来,小心翼翼地捡起,对着天空看了看,真不敢相信,自己以前就是躺在这壳的里面。他把壳揣到贴身的口袋里,继续往前走。

没走多远,草丛一阵响动,蹿出一条大蟒蛇,碗口粗,浑身黑里透黄,脖颈竖起,有一人多高,张着大嘴,露出尖利的牙齿。白步冲吓得向后跳出两步,倒吸一口冷气:难道这就是传说中的怪物?他来不及多想,顺手从地上抓起一块石头,准备攻击。

蟒蛇嘴巴张得更大,脖颈晃荡两下,扑通趴到草丛中,喊叫:"你不可以这样野蛮呀,见到我就要打我。你知道这个世界上我最讨厌的事情是什么吗?就是打架。"

白步冲没想到能听懂蛇语,更没想到这条大蟒蛇是个胆小鬼,这种胆小鬼肯定不是传说中的怪物。于是,他扔掉石头,说:"你竖那么高,不是想打架吗?"

"没有呀,我只是要拦住你嘛。"

"可是,你的嘴巴张那么大,不是想咬我吗?"

"没有呀,我一竖起来,嘴巴就不得不张大。"

"你刚才突然又张得更大了,是怎么回事?"

"那是被你吓的,我好怕你用石头砸我的头呀。"

白步冲真受不了他那种胆小的样子,就摆了摆手,说:"你怕我,为什么又要拦路呢?"

"啧啧……"蟒蛇发出一连串怪叫,刚想竖起脖子,又怕吓到人,还是趴了下来,"你难道一点也不知道这山谷里有多危险吗?凡是进入谷底的活物,无论有多大本事,没一个能活着出去的。"说着,他回头望了一眼,仿佛那里有个可怕的怪物。

白步冲盯着这可笑的蛇,问:"你不是活物吗?为什么还活得好好的呢?"

"哦,是吗?"蛇愣了一下,然后一甩头,扎进了草丛中。因为他身体的花纹和草丛极其相似,所以,一眨眼,他就不见了。

白步冲正在睁大眼睛寻找,突然身后一阵响。他猛一回头,看到蛇竟然从那里钻了出来。

蛇得意地摇了摇脑袋,说:"这里是我的家,几千年来,我就住在这里,你明白了吗?"

"什么什么?几千年来?你到底几岁呀?"白步冲认定蛇在吹牛,就不以为然地说,"我是不是该叫你千年蛇妖呀?"

蛇一点也不觉得有谁会讽刺他,很认真地想了想,才慢吞吞地说:"这个,我还真记不得我的年龄了,只记得我一直活着活着,活得太久太久了。不过,我喜欢你给我取的名字,千年蛇妖,真好听。千年以前,我也有过名字,可是,我现在已经完全忘记了。"

"这么说,你真的已经非常老非常老……"白步冲不知该用什么词,怕伤害一个老者。

千年蛇妖很高兴地点点头,说:"我不仅老,而且很慈悲。年龄大了都会变成好心肠的。"

"哦,好心肠,你能告诉我,这里面到底潜藏着什么?"白步冲接过话头就问。

千年蛇妖愣了一下,摇了摇头,说:"这个,我不得不告诉你实情,几千年来,我从来没有看到过他的真面目。也许正是因为如此,我才能够活下来吧。无论是谁,只要看到过他的真面目,就别想再活着出去了。"

"你们谁都没有见过这怪物,却要拿他来吓唬我。"白步冲失望地摇了摇头,突然把手一伸,"我告诉你,我要比这怪物可怕一千倍。你就少说废话了,让我过去。挡我者死!"

"我不挡你,你才会死呢!"千年蛇妖固执地竖起脖颈,挡住去路。

白步冲后退几步,一弯腰,做出一副要进攻的架势,猛向前冲,突然一个起跳,从蛇妖头上飞了过去,大步向谷里奔去。蛇妖以为要遭到重击,吓得摇晃两下,重重倒地,却发现男孩并没有攻击他。于是,他又连忙扭头,喊:"喂,你为什么要找死呀?不听老蛇言,吃亏在眼前……"等他终于明白没有回应之后,他就无力地嘀咕着:"我这是操的哪门子闲心?他要死要活由他去吧,我反正是要活下去的,再活个千年万载哦。"他一头扎进草丛中,哗啦两下就不见了踪影。

白步冲向前跑了一会儿,就放慢脚步,仔细观察地形。只见两边的悬崖峭壁越来越窄,一直向前延伸,就像是一把巨大的尖刀插的一个口子。光线暗了下来,冷风在崖壁间呼来转去,发出一阵阵呜呜的怪响,像一群不知名的怪物在嚎叫。

他忍不住回头望了望,多么希望在山谷的入口处能有个身影,给他温暖的支撑。可是,那里是一片空白。

毛癞刚才看到蟒蛇,就已经吓得无法呼吸了。在脑袋严重缺氧的情况下,亏得他还想出了三十六计里的上策:撤!此刻,他正连滚带爬地在下山的路上乱撞。他这次终于明白了,脑袋缺氧的最大症状就是，想跑，腿脚却无力跟上。

白步冲此刻最想看到的其实不是毛癫，而是小白狼，可是，显然没有小白狼的身影。他非常清楚自己闯进去，就可能再也出不来了，所以，他非常后悔刚才跟小白狼发火。他为什么不能和小白狼好好地说声再见？

唉——他只能长叹一声，深吸一口气，好像又找回了勇气，然后，一步步向更深处探去。

他记得爸爸说过，妈妈是在一个悬崖上消失的。他自然而然地把白卫当作爸爸时，心里涌起一股暖意。那么，妈妈会是什么样子呢？如果能见到她，该是怎样的情景呀？想到这里，他一点也不后悔来到山谷。

他抬头观察，在山谷的尽头，果然有一道悬崖，上面长满了藤萝。没错，就是那里。他感到自己的心脏跳得厉害，整个山谷好像都是心跳的回声。

他又往前摸索了一会儿，并没有发现什么怪物，就慢慢松了一口气：是不是自己过于紧张了？

高高的悬崖就在眼前，他仰头一望，几乎望不到顶。奇怪的是，沿着谷底过来，两边悬崖虽然长着藤萝茅草，但都是稀稀拉拉，有的甚至是枯黄的。唯独这面崖壁上，爬满藤萝，而且非常茂盛，丰满的叶子密密麻麻，遮盖了整面崖壁，几乎看不到一点岩石。如此大的反差，究竟是怎么回事？他知道就算把眉头皱成打死结的麻绳，也想不出个标准答案。

干脆就不想吧！他抹了一下额头，仿佛是给自己一点勇气，然后，深吸一口气，一把抓住藤条，小心翼翼地往上攀爬。他猜想一切秘密就掩藏在这里，只要爬上去，就一定能看到那怪物。他感到又期待又害怕，身体开始发紧，每向上爬一步，脚就会抖动，好像已经踩不住陡峭的石壁了。

突然，一个冰冷的东西从后面搭到他的肩上，软乎乎，还带喘息声。他吓得浑身僵硬，差点就松手掉下去了。他拼命抓紧藤条，稳住身体，不敢回头：真没想到怪物会以这种方式偷袭他，现在只能听天由命了。

"你不能上去，他就在上面呀！上去就是死。"一个声音压得很低，有点耳熟。

白步冲慢慢转过头来，看到果然是该死的千年蛇妖。他气得咬牙切齿，小声骂："混蛋，你这样只会让我死得更快！"

蛇妖并不生气，仍然低着嗓音："我这是最后一次提醒你了。"

"但愿不是倒数第二次。"白步冲扭了扭脖子。他讨厌蛇妖搭在他肩上，冷得吓人，还有令人作呕的腥臭。

蛇妖识趣地缩了回去，潜入了藤萝之中。

经这么一折腾，白步冲反而不太紧张了，浑身松下来，就爬得快多了。不一会儿，他就爬了大半截高，身体埋在叶子中，向上望不到天，向下望不到底。

他歇了口气，接着往上爬，就在这时，他突然发现藤萝中间有些异样，伸手扒开，天啦，竟是一个巨大的黑洞。

他的心又狂跳起来——是这里，一定是这里！他伸头钻进去，发现竟是个无比大的洞口，他站直了身子，还不到洞口的一半。他试探着往里走了几步，光线太暗，一时还看不清，但能听到有阵阵水浪涌动。

他使劲眨了眨眼，想看清楚一些。确实看清了一样东西，那是一个巨大的尖利的爪子,一直伸到他眼前,然后,死死地卡住了他的前胸和后背。爪尖就像刀锋,深深扎入他的肉里。他疼得拼命挣扎,可根本没有用,越挣扎越疼痛。他想看清是谁,眼前却是一片模糊,最后,脑袋一阵炸裂,昏死过去。

21 生死相救

洞口是幽暗的,仍然只能看到爪子从上面伸下来,闪着白亮的光。顺着爪子向上,是一团雾气,遮住了视线,感觉就像从黑黑的云层中凭空垂下一只爪子。爪子猛地松开,白步冲重重地摔在地上,口袋里的碎壳片被抖了出来,掉到地上,发出清脆的撞击声。

爪子收了上去,又突然伸出,准备给他致命一击,却在他的额头前一寸紧急刹住了。爪子伸向旁边,小心地捡起碎壳,收回到雾气中。在那里,有一张模糊不清的头,两只眼睛发着光亮。眼睛似乎被碎壳吸引住了,碎壳在眼前停留了好长时间,才被爪子移开,慢慢送回到白步冲的身边,塞进他的衣兜。

爪子没有再想夺命的迹象,向洞口一伸,扯来一根藤条,三下五除二,把白步冲牢牢地缠裹起来。就算白步冲醒过来,也无法逃跑了吧。爪子收回到雾气里,一阵风声,黑影卷动雾气向洞里而去,紧接着就是一阵巨浪撞击的声响。然后,四周安静下来,静得好像刚才的一切都是幻觉。

死亡谷的四周并没有真正安静,在入口处,一个白影在高深的茅草中不安地晃动。那是小白狼,白步冲离开后,他生气,但又不放心,就一直远远跟随着,隐藏着,不让白步冲发现。

当他看到白步冲绕过千年蛇妖的纠缠,顺着藤条向悬崖上攀爬时,他就抽了抽鼻子,明白不能再往谷底跟进去了,那样会被蛇妖发现的。他一转头,向悬崖上跑去,然后顺着崖顶向前。他抬眼望了望,如果白步冲能爬上崖顶,他也可以到那里会合。

可是,他刚跑到一半,就看到白步冲钻进了藤萝里面,不见了。他心中着急,就跑得更快了。一眼能望到头的山路,要靠脚跨过去,还真是很远很远。小白狼奔跑了一阵,感到体力不支了,一抬头,才跑了一半。他不敢停下来歇息,只有一边喘息一边慢慢往前赶。

不知耗了多长时间,他终于赶到了崖顶,探头向下一望,浑身一软,后退几步,倒在地上。太深了、太陡了,除了一片绿汪汪的藤叶,什么也没有。白步冲显然没上来,他又不敢下去,这可如何是好?他趴在茅草丛中,满肚子的气:这该死的白步冲,不,黄小蛮,不,就是满身金黄的怪物,叫你不要到这该死的地方来,你非不听。这下好了吧……

小白狼毫无办法,低头喘粗气,突然发现四周的阳光消失了,阴影压了过来。他仰着头望着天,不禁大吃一惊:从后山的不知哪个地方,一团浓浓的雾气腾空而起,遮天蔽日,雾气中裹着一个巨大的怪物,无法看清全貌,只能看到露出的利爪和一片片金黄色。雾气渐渐升腾,怪物好像和雾气融为一体,一起上升,上升,直到高高的天空,然后,渐渐消失,阳光重新露出来……

小白狼呆了半天,才想起了白步冲,不知他怎么样了,是被怪物带上了天,还是留在了悬崖半中腰?

这样想着,小白狼就决定下去看个究竟。他趴到悬崖边,

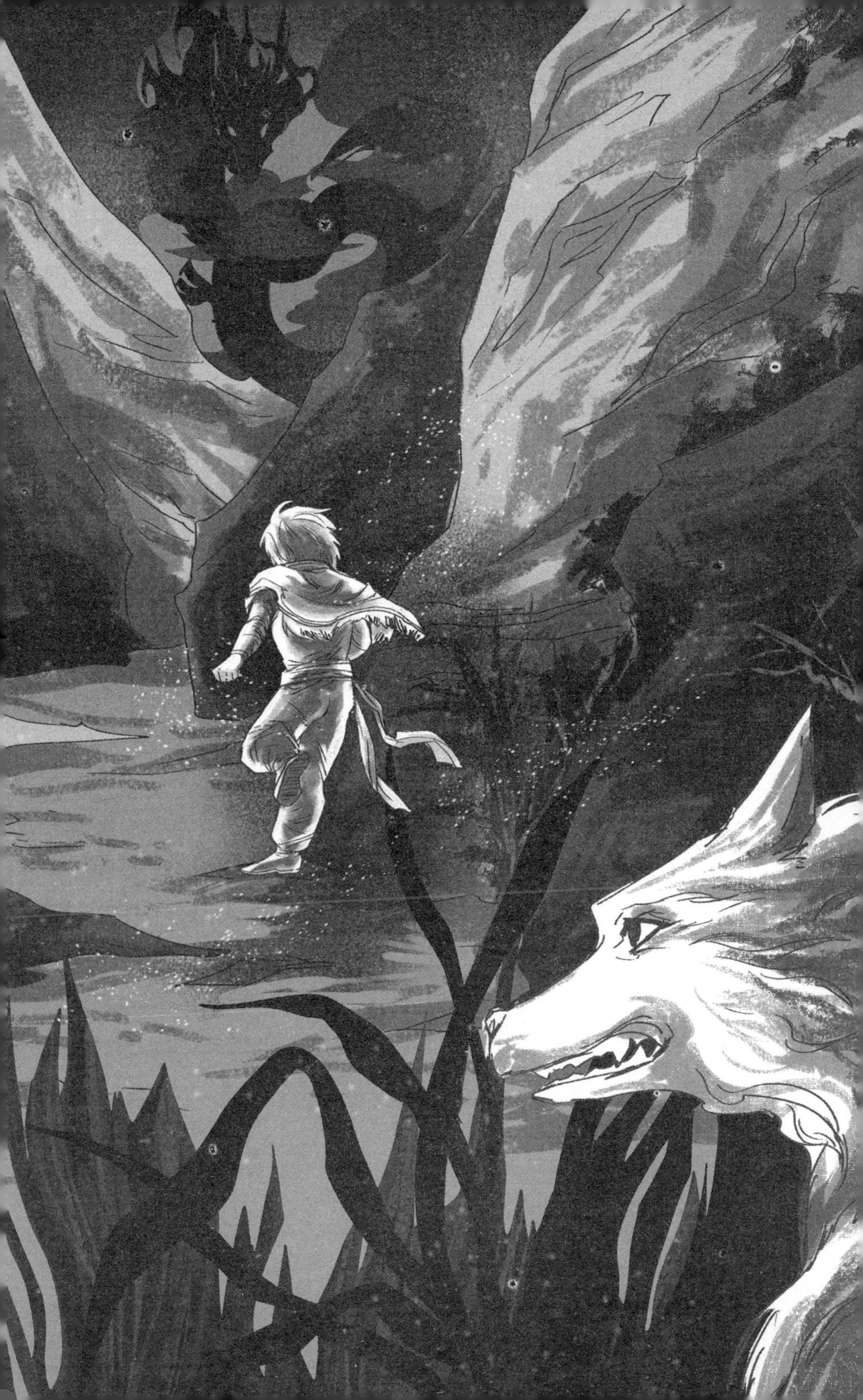

望了一眼，还是怕得心颤，连忙缩回头，闭上眼睛咬了咬牙。好半天，他才让心跳缓和了一些，然后，试探着抓住一根藤条，身子往前一歪，就掉了下去。

他发现根本抓不紧藤条，身子下落的速度快得简直无法控制。不得已，他一口咬住了藤条，总算刹住了。他暗想：对咱们狼族来说，还是牙齿最管用呀！

有了牙齿的帮助，他下落就更有把握了，一松口，嗖的下落，一咬牙，咔嚓停住。就这样，停停落落，慢慢地，他就靠近了白步冲消失的高度。他每次停住，就用脚探着踩在崖壁上，这次却踩空了。他又使劲蹬了几下腿，还是踩不到一点东西，不觉一阵心慌。他紧紧咬住藤条，拨开藤叶，发现里面是个大大的空洞。里面光线很暗，他晃荡两下藤条，一松口，就掉落到洞里，重重地摔倒在地，疼得尖叫了一声。

等缓过劲爬起来，他也有点适应暗淡的光线了，大致能看到洞里的情景。这时，他看到紧靠洞口的角落里有一个黑影，吓得不轻，猛地后缩身子，准备拼死一搏。可是，等了半天，那黑影没有一点动静，他才稍稍喘了一口气，放松一点，试探着摸索过去。

等靠到足够近了，他又倒吸一口凉气——那不正是白步冲吗？他躺着一动不动，浑身还缠绕着藤条。

小白狼伸出前爪推了推，白步冲没有丝毫反应。小白狼急了，张嘴就狠狠地咬了下去。

一阵咯咯嘣嘣的响，小白狼的牙不停地咬着，但藤条太粗太硬了，小白狼费了老鼻子劲，牙齿都快咬掉，才咬断了一根。他咧着嘴，歪着头，让牙齿稍作休息，然后，又一头扎进去，开始猛咬藤条。

他正埋头咬得起劲，一个东西落到了他的头上，不轻不重，吓得他尖叫一声，跳了起来。等站稳了脚跟，他才看清是白步冲的一只手。他惊喜地扑上去，喊："哇，你还活着，真的还活着吗？"

白步冲已经睁开眼睛，知道自己皮开肉绽，就苦笑着说："跟你打个招呼，为什么要大惊小怪呀？"

小白狼愣了一下，也笑了起来，说："我是高兴呀，一高兴就要跳起来嘛！"说着，又原地跳了两下。

白步冲刚想笑，但伤口扯得疼，就忍住了。

小白狼也不闹了，连忙凑近，心疼地问："是谁把你伤成这样的？"

白步冲摇了摇头，说："一个怪物，太大了，我根本看不清楚……"他又疼得抽动了一下。

小白狼想到了刚才在悬崖顶上看到的雾气里裹着的怪物，似乎明白了，说："这里是他的老窝，叫你别来，你偏不听！"

"你不是也来了吗？"白步冲喘了口气。

小白狼气得一哼，又不想跟一个伤员计较，就说："少废话，他已经出门了，我们趁机快逃吧！"说着，又去咬白步冲身上的藤条。

白步冲马上追问："你怎么知道他出门了呢？"

"我，刚才在上面看到他了，大得太离谱了，快把整个天空都占满了。我想这点洞穴肯定装不下他。"小白狼抬头吐出一口碎屑。

"是呀，你说对了，这里大概只是个入口。"白步冲停顿了一下,忍住疼,"你听,里面有水的声音,到底是怎么回事,你进去看看吧!"

"你一定是疯了。"小白狼看了一眼白步冲的伤,"我再明确一下,我来是救你出去的,里面是什么东西,我没兴趣。"

"可是……"白步冲还想说什么,就听里面水浪声突然变大。

"他回来了,再不走就来不及了。"小白狼说着,埋头猛咬最后一根藤条。

这时,洞里的动静越来越大,还夹带着一阵阵冷风奔涌出来。小白狼一边不停地咬,一边用余光望去,已经看到一个巨大的黑影压了过来。他心里怕得直抖,牙齿也使不上劲了,咬着藤条打滑。

"你是对的。"白步冲伸手拍了拍小白狼的脑袋,"你快逃吧,别管我了!"

"一起逃!来,你往外滚,我用力推。"小白狼用头拱,白步冲翻了一个身,又滚动了一圈,身上最后一根藤条死死地缠着腿,很不方便。

洞口的风越来越大了,小白狼知道怪物就要到了,用尽全力把白步冲推到洞口边上,说:"你快抓住藤条,慢慢往下去。"

白步冲探出身子,想抓住一根藤条,可是,手没有力气,一歪,整个身体就栽了下去,绊动着藤萝,哗啦啦一阵响,就消失了。

小白狼惊得尖叫起来,以为白步冲这下死定了。他想往下跳,又害怕,正在犹豫,一只利爪就从后面死死地夹住了他,再一拖,就进了黑暗中没了踪影,只留下一串嚎叫声。

白步冲嗖的往下一栽,因为腿上还有一根没咬断的藤条,所以,一扯就成了头朝下脚朝上的倒栽葱。如果就以这种姿势栽下去,不会成为一棵绿葱,一定会摔成一个肉饼。天无绝人之路,藤有救命之功。刚刚栽出去一段距离,藤条就被扯到了尽头,突然停在半空。

白步冲的身体被猛地扯住了,在空中横向晃荡,像奇特的秋千表演。不幸的是,那根缠住双腿的藤条已经被小白狼咬了那么多口,经不住身体的重量左摇右晃,噼啪咯吱嘭——断了。

白步冲继续向下栽,没了藤条的牵扯,快了许多。一眨眼,就快到悬崖底部,只要听到最后一响,就能看到一个严重变形的肉饼——就在这时,藤萝的绿叶中突然伸出一个东西,闪电一般,稳稳地接住了白步冲。

稍一定神,就看清了,是千年蛇妖。在接住白步冲的一瞬间,他的身体被压得向下弯去,成为向下的斜线,眼看白步冲就要滑下去了,他猛地抖动身子,伸出尾巴,把白步冲缠住。这样一来,他就没有办法攀住藤萝了,和白步冲一起重重地摔了下去。

庆幸的是,离崖底不远,所以,除了浑身疼痛之外,没有摔出个三长两短。千年蛇妖正在暗自得意,一抬头,天啊,悬崖上一团浓浓的雾气压了下来。他暗叫不好,怪物追来了,这一次难逃脱了。

再难也得逃呀!千年蛇妖没有犹豫也没得选择,用身体把白步冲紧紧缠绕着,向死亡谷口拼命滚动。这已经是他能想到的最好的方法了。

可是，无论他滚得多快，还是甩不掉那团雾气，眼看雾气已经压到头顶，他一望，离谷口还远着呢！他体力也耗尽了，再也滚不动了，只能在心里绝望地叫了一声："小子，我们完蛋了！"

22 奇怪的伤口

雾气之中伸出一只利爪,猛地向下抓来,眼看就要刺入蛇身。就在这时,一道亮光闪过,只听哐的一声,一把利剑隔住了利爪,撞击的一瞬间,火星四溅。利爪惊了回去,利剑也被弹开,握剑的人向后退出两步,倒在地上。

此人正是白卫。毛癞从死亡谷逃走之后,拼命往村里跑,一路上自己绊倒了无数次,摔得灰头土脸的,像被谁痛揍了一顿似的。到了村口,他一见人影,就扯开喉咙喊:"救命,救命呀!"

村头在地里干活的人一听,都以为是狼追过来了,操起扁担、铁锹就冲过来,却不见狼影。大家围着毛癞,七嘴八舌问着无法听清的问题。毛癞不停地喘气,一会儿指自己,一会儿指山上,搞得大家一头雾水,好半天,才挤出话来:"白,步冲,他,他,他……"

旁边有人已经急得只差用铁锹拍他的脑袋了,他才说完整:"他到死亡谷去了。"

哐当啪啦,扁担铁锹都落地了,吓傻了一大排人。最先醒来的人喊:"快,通知首领!"然后,大家才慌慌张张地向村里跑去。

白卫听了这事,惊出一身冷汗,冲回屋里,拉出床下一口木箱,推开盖子,里面躺着一把宝剑。他一把抓起宝剑,转身一呼,领着众人就向山上奔。他手中的剑可不一般,削铁如泥,剁石如土,不到万不得已,他是不会动用的。因为只要剑出鞘,擦者伤,碰者死。

所以,刚才怪物的利爪能够和剑相撞,白卫吃惊不小。只一回合,他已经感觉到怪物的力量大得惊人,自己也许根本就不是怪物的对手。但现在没有退路,他必须拼死一搏,翻身爬了起来,忍着剧痛,颤抖着手,剑指怪物。他的手被震裂了,血正顺着腕子往下滴。

跟上来的一群壮汉也都吓坏了,举着刀、棍、叉,浑身乱颤。

白卫断喝一声:"保护冲儿!"

壮汉们才回过神来,忽地围住白步冲。当然,他正被蛇缠得严严实实。

雾气非常浓,就像一团墨压在头顶。怪物的爪子收进去,露出一张隐约的嘴脸,两个眼珠奇大,还闪着光亮,非常恐怖。

白卫毫不怀疑,在怪物眼里,他们就像蚂蚁一样小得可怜,只要怪物一动嘴巴,他们肯定都会灰飞烟灭。他当然害怕,但他必须挺住,因为他是父亲,生死关头,怎么能丢下儿子呢?如果他的命能换回儿子的命,他愿意。

这样想着,他望了一眼被蛇缠绕住的儿子,摇晃了两下身子,站稳,和怪物僵持着。

儿子被蛇缠绕着,还是露出了一道道刺眼的伤口,那些伤口没有向外涌出血水,而是泛起一阵阵黄色的光——白卫脑袋里只是卡了一下，没工夫去关心这些，因为，更大的危险在上面。

不知过了多久，那团雾气开始慢慢上升，一直升到高空，然后消失在悬崖之上。真是不可思议，怪物撤了，天空重见太阳。

白卫慢慢放下胳膊，再也握不住剑了，哐当，剑头指向地面，直直地插在石头上。

千年蛇妖吓了一跳，望着闪闪发光的剑，暗想：幸好没插到我身上。

怪物消失了，壮汉们回过神来，看见蛇还缠着白步冲，就一起把矛头指向了蛇。蛇吓得浑身一紧，马上觉得不对，又连忙把身子松开，慢慢放出白步冲。壮汉们都不敢轻举妄动，等蛇缩着身子消失在草丛中，才敢围拢过来。

白步冲昏迷不醒，身上皮开肉绽。白卫靠拢，颤抖着手摸了一下儿子的脸，没有一点反应。他没有再犹豫，一把抱起儿子，转身就走。

白杨部落有几个世代行医的家庭，治头疼脑热、胸闷气短，药到病除。可是，对付皮外伤，还是白胡子最在行，因为他年纪大，经历的事多，什么样的血腥场面都不会让他多皱一下眉头。听说白步冲身受重伤，他就带着自己的包赶了过来。包里装着各式各样的刀具，往地上一放，就发出一阵咯吱咯吱的响声。

白卫把儿子放在床上，叫了几个人进来，当帮手。白胡子盯着昏迷中的白步冲看了一会儿，摆了摆手，让大家都出去。白卫想留下，白胡子轻轻摇了摇头，说："你会受不了的，还是出去吧！"

白卫想了想，也好，不要妨碍白胡子治疗。他说："我就在门外，有事叫我。"然后，就走了出去。

白胡子毫不含糊，过去关上了门，插上门闩。白卫浑身一颤，心头掠过一阵不安，不过，他马上又安慰自己：放心，儿子交给了白胡子，又不是交给死神。

可是，接下来的时间，比跟死神打交道还让他揪心。屋子里一开始是传出叮当叮当的声响，那是刀叉们在忙碌。过了一会儿，突然听到了儿子的惨叫声，一阵接着一阵。白卫既高兴又心疼。儿子终于醒了，当然值得高兴。可是，那叫声确实让他又高兴不起来。他感觉那高兴劲就像洞里钻出的虫子，刚露头，就被鸟一嘴叨走了。

他最后实在听不下去了，使劲拍门，想进去。可是，门一直紧闩着，白胡子根本就不理会。白卫又气又急，准备一脚踹开门，却被旁边的壮汉们拉住了。大家七嘴八舌地劝着，让他相信白胡子，别坏事。

白卫听到儿子的叫声，心如刀绞，哪听得进劝，只想往里冲，就被几个壮汉死死抱住，动弹不得。等他折腾得筋疲力尽的时候，屋子里的叫声也慢慢低了，稀了，最后又回归安静。

门从里面拉开了，白胡子露出一张脸，脸上没有一丝笑意。白卫心往下一沉，大喝几个壮汉："快松手，松开！"大家这才放开手。

白卫一步冲上去，盯着白胡子，问："怎么样？"

白胡子回头望了一眼床上一动不动的白步冲，想说什么，嘴巴动了一下，又吞了回去。

白卫更急了,一把推开白胡子,冲到床前,盯着双眼紧闭的儿子看了一会儿,回头瞪着眼问白胡子:"他,到底怎么了?"

白胡子不敢看白卫的眼睛,也不说话。白卫忽地冲上来,一把揪住白胡子的衣领,怒目圆睁,恶声恶气地说:"我儿子要有个闪失,你就别怪我……"他牙齿咬得咯吱响,把后面的狠话吞了下去。

"他没事,只是暂时昏迷了。"白胡子从喉咙里挤出声音,"可他,不是你儿子。"

"什么?你说什么?"白卫愣了一下,没有松手,反而抓得更紧了。

"让,他们都出去,出去……"白胡子的声音快挤不出来了。

白卫一把丢开白胡子,转身大手一摆,说:"你们,都出去,出去!"

跟进来的人都伸着脖子望了望床上的白步冲,然后,纷纷退出,门随后关上了。

屋里一下静极了,单独面对白胡子,白卫凶不起来了,脸上换成了求助的表情,急切地问:"到底是怎么回事?我的祖爷爷,你快说呀!"

白胡子来到床前,伸手在白步冲的贴身口袋里掏出了一个壳,递给白卫看。白卫拿在手里,左看右看,也看不出什么道道,还是一脸雾水地望着白胡子。

"这是一种蛋壳。"白胡子拿回壳,举在手中,"我活了这把年纪,从来没有见过。这壳又厚又硬,色泽也非常特殊……

我简直怀疑这是天外之物。"

白卫突然呵呵笑了两声,说:"就算这是个神仙丢下来的东西,他不过是捡到了嘛,怎么就说他不是我儿子呢?"

"这个壳当然不能说明什么。"白胡子轻轻把壳还回去,站直身子,摇了摇头,"我刚才在缝合伤口的时候,看到了很奇怪的事。"

"哦,说来听听。"白卫急不可待。

"他的伤口确实很大,大得可以清清楚楚地看到里面的骨头。"

"是呀,就是那个怪物的利爪划开的。我抱着他回来的,当然知道。"

"重点不在伤口,而在骨头。"白胡子顿了一下,看了一眼床上,好像怕白步冲听见似的,"他的骨头是黄色的,还长满了鳞片。你见过人的骨头是这样的吗?"

白卫卡了一下,马上问:"你说的是真的吗?"

"还不止这些呢。"白胡子摆了摆手,根本就不想回答,"更奇怪的是,他的伤口几乎没有出什么血。你看看,你抱着他回来,你衣服上的血迹呢?"

白卫低头一看,果然没什么血迹。他一时无语。

白胡子摸了一下自己的胡子,说:"冲儿进了狼窝,是不可能生还的。所以,从他回到村子的时候,我就注意到了,他不是从前的冲儿。我以前说,你不信,今天,你必须相信我……"

"不,不会,不可能……"白卫一伸手,打断白胡子的话,他害怕再往下听。

白胡子愣了一下，等白卫稍平息一下，说："这件事情必须搞个水落石出，否则，我们白杨部落就一直处在危险之中。"

白卫听明白了，低下头，无力地摆了摆手，说："好吧，你先出去，让我安静一下。"

白胡子出去了。白卫独自坐在床边，望着儿子的脸，心扑通乱跳。他焦急地盼望儿子快快苏醒，那样，他就可以把事情搞清楚了。可是，他又非常害怕儿子醒来，因为，如果一切真的如白胡子所说，那么，他该怎么办？怎么承受？

时间像粗糙的沙石，一颗一颗从窗前挤过去，似乎留下吱吱啦啦的响声。终于，咚的一下，太阳落山了，光线暗下来，再暗了一些。哪怕是面对面，看对方的脸，也不是太清楚了。就在这时，白步冲突然睁开了眼睛。他的目光就像一道闪电，击得白卫浑身一颤。

没有父子相见的喜悦，倒像是短兵相接的时刻到来了。白卫不由自主地向后弹了一下，差点歪倒在地。

23 说出秘密

"爸,你怎么了?"冲儿奇怪地望着爸爸,声音非常清亮,好像没有丝毫伤痛,倒像是睡了一觉,刚刚醒来。

"没事,屁股没坐稳。"白卫一脸不自然,笑了一下,"醒了哈,很好,很好……"

"我怎么会在这里?"冲儿向窗外望了一眼,露出焦急的神色,"小白狼呢?他在哪儿?"说着,他就想翻身起来。

白卫连忙伸手将冲儿按住,当指尖触到冲儿的伤口,他又马上缩了回来,好像摸到了燃烧正旺的木炭。为了掩饰自己的心慌,他又咧嘴笑了一下,说:"碰疼了吧?别动,好好休息,什么也不要想。"

"不疼了。"冲儿轻轻摇了摇头,望着爸爸,"我记得小白狼为了救我,冲进洞里,被怪物抓住了……他,现在,我,一定要去找他……"说着,他想再次翻身。

白卫用力摆了摆手,脸上突然抹上了一层严霜,压低嗓音,说:"你有你最关心的事,我也有我最关心的事。请你先躺下,不要乱动!"

爸爸突然变脸,冲儿吓了一跳,直直地望着爸爸。白卫也意识到了自己的反常,连忙把目光转向一边,不敢和冲儿对视。

屋子里顿时凝固成了一块让人无法喘息的黑。

好半天，冲儿才试探着问："爸，你先说你最关心的事吧！"

白卫听到冲儿叫"爸"，心都碎了，几乎没有勇气再往下说了，眼泪在眼眶里打转，幸好天黑，不易被察觉。他狠狠地吞了两口唾沫，咬了咬牙，才说："我最关心的就是你。"

"我？"冲儿长长松了一口气，欣慰地笑了，"我知道呀，这个世界上你最疼爱的人就是我。可是，你为什么要这么严肃呢？我还以为天要塌下来了。"

白卫仍然紧绷着脸，没有放松的意思。他皱着眉头，迅速搜索着最合适的词儿，停顿了半天，才说："你，爱爸爸吗？"

冲儿使劲点点头，笑收了一些。

"那么，你能保证对爸爸不隐瞒吗？"白卫继续追问，目光如炬，就像盯住一个猎物，已经胜券在握。

冲儿愣了一下，还是使劲点点头，笑又收了一些。

白卫的目光没有离开冲儿的眼睛，就像箭头一直指向猎物。他终于出手了，问出了一直压在心底的一句话："你，是我的儿子吗？"

冲儿嘴角残留的一丝笑顿时凝固了，他不知道是吃惊、害怕，还是伤心，只觉得胸口阵阵剧痛，比刚缝合的伤口要疼一百倍一千倍一万倍。他感觉到心底的伤口炸裂了，他最担心的时刻终于还是到来了。他不知道之后将会发生什么，只能硬着头皮去接受。

不能隐瞒——这是刚才的承诺。冲儿缓缓地坐起来，泪眼蒙眬地望着爸爸。这回爸爸没有阻止他，而是等待着他的回答。

那是一个怎么样的答案呀,将决定他们俩的命运,是父子,还是仇敌!

"爸,你凑近一些,看着我的伤口。"冲儿已经抹掉了泪水,决定说出秘密。

白卫愣了一下,还是把头凑了过去。这时,他看见冲儿长长的伤口里冒出阵阵烟雾,等烟消雾散,那些伤口竟然奇迹般地愈合了,连一丝伤痕都没留下。他大吃一惊,直直地盯着冲儿。

冲儿苦笑了一下,说:"你现在该明白了吧?"

"你,你到底是谁?"白卫跳了起来,后退两步,像是准备攻击,又像是防备。

冲儿下了床,想了想,又坐回床沿。他怕吓着爸爸。然后,他两手一摊,说:"我也不知道我是谁。这也正是我一直想搞清楚的事儿。"

"你说什么?"白卫根本不信这话。

"我只知道我出生在死亡谷,从硬壳里面蹦出来的第一眼,看到的就是小白狼。"冲儿说着,忍不住看了一眼窗外,好像小白狼就站在那里似的,"后来,我就跟着他上了山。再后来,你们就来了。情急之下,我就钻进了你儿子的身体……"

白卫只觉得天旋地转,费了很大的劲,才稳住脚跟,没让自己倒下去。他用颤抖的手指着眼前这个不知为何物的孩子,说:"你,你一直在骗我,你,你骗得我好苦啊!"说着,他一转身,推门而出,重重地摔上门。

冲儿喊:"我没想骗你,我……爸——"回应他的只是一块门板。

门外，白胡子和一大帮人正等在那里，一见白卫出来，白胡子就迎上去，问："怎么办？"

"由你处置！"白卫甩下这句话，快步离去。

大家都望着白胡子。白胡子望了望白卫远去的背影，又望了望虚掩的门，一挥手，说："操家伙，决不能让他跑掉了。"

汉子们纷纷抽出刀，在火把的照映下，亮光闪闪。不过，没有一个人敢带头往里闯，生怕里面藏着一只怪物，会突然扑出来。还是白胡子比较冷静，他皱了一下眉头，向前跨出几步，一伸手，推开房门。

最先涌进去的是火光，照得屋里忽明忽暗，但一切都能看到。没有怪物，只有一个孩子坐在床边，一脸的伤心样。

白胡子一步跨进去，几个持刀的汉子也紧跟着进来，哗啦围成一个半圆，刀尖向前。孩子一惊，站了起来。汉子们吓得向后一缩。一个汉子手快，一把将白胡子拖到身后，保护起来。

孩子苦笑了一下，说："不要紧张，我不会做任何伤害你们的事。你们有什么要求，我都会答应的。"

"这可是你说的呀。"白胡子用力推开汉子，眯缝着眼盯着孩子，"我们先要把你捆起来，你答应吗？"

"来吧！"孩子把双手背到身后，"请把刀放下。"

一个汉子放下刀，拿着绳子过去，在孩子身上缠绕。孩子果然一动不动，就像是让家长帮着穿衣裳。其他的汉子仍然警惕地握着刀。

白胡子的表情也不轻松，他对正在捆绑的汉子喊："捆紧，不能手软。"

那汉子一边低沉地应着，一边用力打好了最后一个死结。

然后，他拍了拍手上的沫子，望着白胡子，等待下一道命令。

白胡子稍微放了一点心，但还是怕夜长梦多，就说："马上押到村口。"说着，他先跨了出去。

火把带路，汉子们拥着孩子向外走，村子里顿时热闹起来。

毛癞吃完晚饭，正在屋里闷得难受，一听村头有动静，欢呼一声，飞跑着出了门。等赶到村口，他就傻眼了。白步冲被绑在一棵粗大的白杨树上，一群汉子围着他，提刀瞪眼，只等白胡子一声令下。

"这是怎么回事？是我的神经出了毛病，还是我的眼睛出了毛病？"毛癞冲到白胡子面前，想搞清状况。

"小孩子家捣什么乱？"白胡子一把推开他，狠狠地瞪了一眼，"没你的事，走远点！"

毛癞后退了两步，被一块石头绊了脚，一屁股坐在地上。他疼得龇牙咧嘴，爬起来，眼泪都冲出来了，一边摸着屁股，一边抹着鼻子，说："谁说没我的事？是我从死亡谷逃回来报信，让你们去救他的。你们把他救回来，就是为了砍他的头呀？"

"你懂几棵白杨树？"白胡子也火了，一伸手，恨不得给他一嘴巴，"告诉你，他是怪物，不是白步冲！"

毛癞哑火了，盯着绑在树上的孩子看，怎么也看不出他是一个怪物呀！他坚决不信，摇摇头，说："他怎么可能是怪物呢？除非他亲口告诉我。"说着，他就快步向树下走去。

几个大汉刚要阻拦，白胡子一摆手，说："让他去，问完就马上离开。"

毛癞走到近前，小声问："他们为什么说你是怪物？"

"因为我确实不是人。"白步冲很平静地回答。

毛癞吓了一跳，后缩了一下，又强笑着说："开什么玩笑？我们一起长大的，我还不了解你吗？"

"以前的白步冲已经死了，我只是借用了他的躯壳。"

"啊，你到底是什么东西？"

"我也不知道。"

毛癞想了想，说："那，我还是把你当作白步冲。我救你，好不好？"

"不用，我要想逃，一用力，绳子就会断，谁也挡不住我。"

"你就快逃吧！"

"不，我就想等他们处置。"

"你想死？为什么？"

"因为我不知道我是谁，也不知道我为什么活着。那样，还不如死了。"

"你死了就永远不知道你是谁了。只有活着，才能慢慢搞清楚呀！"毛癞一脸的焦急。

白步冲苦笑着摇摇头，说："我来到这个世界上就是个错误，我离开这世界，也许才是对的。放心吧，我很开心，真的。"

……

白胡子不想再听他们在那里嘀嘀咕咕，就使了个眼色。一个壮汉过去，一把将毛癞提起来。毛癞拼命挣扎，可是脚尖点不着地面，只感觉自己越飘越远。

去掉了一个捣乱的，白胡子终于可以办正事了。他对白步冲说:"你把眼睛闭上,会让你走得干净利落的。"

白步冲表情平静,好像期待着这一刻,慢慢闭上眼睛。

白胡子做了个手势,一个壮汉向前跨出两步,来到树下,高高地举起刀。刀刃在火光的照映下泛着白光,片刻之后,必将是红光四溅。

就在这时,黑暗中突然传出一声喊叫:"慢!"

白胡子一愣,大家都转头去看。举刀的壮汉也呆在了那里。

24 人狼联手

黑暗之中走出的不是别人,正是白卫。原来,他一直跟随着队伍,远远地躲藏在黑暗中,直直地盯着绑在树上的孩子,心里不停地念:冲儿,不是,冲儿,不是……就在壮汉举刀准备砍头的一瞬间,他终于忍不住跳了起来。

大家闪开一条道,白卫慢慢地走上前,一直来到树下。他伸出颤抖的手,摸着孩子的肩膀,说:"告诉我,你是冲儿。"

"不,我不是,我真的不想再骗你了。"

"那么,你爱过我吗?"

"嗯。"孩子点点头,"在我的心中,你就是爸爸,不会改变。"

"可是,我们现在算怎么回事?"白卫一把抱住孩子,失声痛哭。

"决不能让假象迷惑。"白胡子冲旁边的壮汉一挥手,"快带下去。"

几个壮汉上前,把白卫分开,架着走开。白卫浑身无力,只是呆呆地望着绑在树上的孩子,渐渐远离。

白胡子被搅得心烦意乱,他不想再节外生枝,就狠狠地一挥手,说:"你们都给我记住,就算是一只蚂蚁,也不要放进来了!"然后,他对操刀壮汉做了个手势。

壮汉再一次走到树下,对孩子小声说:"别怪我呀!"然后,慢慢把刀举过头顶。

孩子没有应声,只是深深地吸了一口气,把眼睛闭上。当他把气吐出来的时候,树突然开始摇晃,白杨树哗哗作响,紧接着,地动山摇,没有任何预兆,一阵狂风卷来,飞沙走石,天昏地暗。

人群被吹得东倒西歪,举刀的壮汉也连忙扔下刀,趴在地上,以免被风卷走。好一阵子,风才慢慢平息,人们一个个从地上爬起来,站直身子,抹着眼睛。

白胡子被两个壮汉扶起来,抹去眼睛上的沙子。火把都灭了,四周一片漆黑,他本来就老眼昏花,半天才勉强能睁眼。他眼力所能及的地方并不远,那里全是星星点点的绿光。他以为自己眼睛出毛病了,揉了两下,再看,绿光更明显了。他不禁倒吸一口凉气。

凭他多年的经验,这光点绝不是可爱的萤火虫,更不可能是浪漫的星星,那只能是狼,狼的眼睛。他在心里稳住自己,然后,小声说:"伙计们,操家伙!"

汉子们都纷纷在地上找刀,有的脑袋撞到了一起,疼得哎哟直叫,乱成一团。就在这混乱中,那绿色的星光越来越近,直逼眼前。白胡子只得大声喊:"顶住,给我顶住!"但没人听,大家急着后退,撞倒了白胡子。

"不要惊慌,不要慌!"绑在树上的孩子叫喊着,"这些狼不是冲你们来的,是冲我来的!"

人群慢慢稳住,远离白杨树。白胡子从地上爬起来,拍了拍身上的灰土，嘴里小声嘀咕着什么。

狼群黑压压一眼望不到头，不过，他们并没有直冲过来，而是在白杨树前停下了。带头的正是老狼如风。

如风站在孩子跟前，终于能稍微看清对方了。他不解地望着孩子，好半天才说："你，这是怎么回事？"

孩子苦笑了一下，说："你现在最关心的应该不是我。你们倾巢出动，是来找小白狼的吧？"

"说得没错。"如风回头看了一眼不远处的人群，"不过，我也可以顺便救你。"

"多谢！"孩子轻轻叹了一口气，"不必了，我是自愿的，我还是选择被他们处死。"

"什么？"如风差点跳了起来，很快又镇定下来，"你当然可以选择死，但我跟你的事儿还没完呢！你把我们的小白狼带走之后，音信全无。你知不知道，他可是我们狼族唯一的继承者呀！他如果有个三长两短，你负得起这个责吗？"

孩子心里一惊，但很快又淡定了，说："首先说明一下，不是我把他带走的，是他跟踪我下山的。再说了，我现在命都不要了，还负什么责呀？"

如风一听这话，就服气了，软了口气，说："我的小祖宗，终归他还是跟你下山了吧？他的影子呢？你快告诉我呀，我的肠子都急弯了，毛都急掉了，眼都急绿了……"

"暂停！"孩子盯着如风，"你的眼睛好像天生就是绿的吧？你的毛也不是一两天掉光的吧？再说了，谁的肠子不是弯的？嗯，你说出一个，我就服你。"

如风愣住了，眨了两下绿眼睛，觉得这孩子说得相当有道理呀。怎么办？他绿眼一转，咧嘴笑了两声，说："你看看，这样绑着说话，是不是很不舒服呀？我来帮你松开哈！"说着，他冲旁边的狼哼哼了两声。

两匹狼冲上来，围着孩子一通乱咬，绳子就全部脱落了。

如风望着孩子，等着听谢谢。谁知孩子揉了揉胳膊，开口就问："你为什么不自己咬？"

如风又愣住了，咧嘴笑了笑，说："你看看我这嘴巴里，还能找到牙齿吗？"

孩子闻到一股口臭，连忙把头扭向一边，假装仰望天空。

如风跟着望天空，望得有点脖子发酸了，才忍不住开口："你现在总可以把小白狼的下落告诉我了吧？"

孩子一低头，盯着如风，脸色突然严肃，说："我说出来，你真敢去？"

"有什么不敢的？连这村子我们都来了。"如风抖动一下身体，想显示一下威风，"不管是刀山火海，还是油锅陷阱，只要我一声令下，狼族都将勇往直前！"说完，他还打了个很响亮的喷嚏，尾巴翘得很高，以壮声势。

"死亡谷。他被怪物捉走了，生死不明。"孩子说出了下落。

如风吓得又连打了三个喷嚏，结结巴巴地说："啊，这个，那个……"

"别这个那个的了，你快带着狼族去吧！"孩子催促着。

"不行不行。"如风把尾巴收下来，夹住了，"那地方是我一辈子也不想提起的，你想让我去，除非石头水上漂。"

"你说什么？你想逃？"孩子没太听清楚。

如风意识到自己说错了话,连忙改口,说:"不不不,我是说,不能莽撞行事,必须想出个稳妥的办法……"

哼哼,孩子冷笑两声,说:"我估计你想破脑壳,也想不出什么稳妥的办法了。不如听我的,我有一个绝妙的办法。"

如风确实已经成了糨糊脑袋,一听说有妙招,眼睛绿光放亮,连连点头。

之前,孩子以为自己就是白步冲,所以,伤心透顶,一心只想到去死。现在,她突然想起自己是黄小蛮,就想到了要救小白狼,马上就有一肚子的花花肠子往外冒。为了让如风清醒一点,她先提醒:"喂,从现在开始,我不是人了,就是说,我不是白杨部落首领的儿子了。"

"啊,那,你是谁呀?"如风好像更糊涂了。

"我是黄小蛮。"她指了指自己的额头,发现自己还是白步冲的形状,就叹了一口气,"唉,你年纪太大,不用知道那么多,叫我黄小蛮就行了。"

如风见这孩子突然变得精神抖擞,刚才那蔫头耷脑的样子不知哪里去了,真不知是该高兴,还是该担心。他试探着叫:"黄,小,蛮,你现在可以把妙计告诉我了吗?"

"当然。"黄小蛮拍了拍如风的脑袋,显得很友好的样子,"这死亡谷光靠狼族去,是搞不定的,所以,我的妙计就是,和村落里的人联手,大家齐心协力。也许只有这样,才有可能救出……"

"你说什么?你疯了吗?"如风鼻头冒着粗气,打断话,一甩头望着黑暗中的人群,"我们狼族和人类世代为敌,不共戴天,你个胎毛未干的小家伙懂几个秤砣几个梨?竟敢让我们和他们联手!"说着,他还张开大嘴,摆出凶样。当然,他满嘴无牙,只是虚张声势。

就在如风大嘴张开的时候,人群中突然忽的一声,点燃了一支火把,紧接着,两支、三支……一大片,顿时照亮了半边天。如风吓了一跳,还以为是自己的火气太大,传过去了呢。他紧张地说:"快跑吧,我刚才说的狠话,他们都听见了吧!"

黄小蛮笑着摇了摇头,说:"你放心,人都听不懂狼语,狼也听不懂人话。在这里,只有我可以做翻译,帮你们交流哦!"

"你是怎么搞懂两种语言的呢?"

"这个世界上总会有那么一个天才嘛,不幸降到了我头上。"黄小蛮假装痛苦地摆了摆手,然后冲人群喊,"大灰狼说了,他们下山就是为了和你们联手,一起到死亡谷去救小白狼,如果不答应,就咬你们的腿。"

刚才哭哭啼啼的白卫已经缓过劲来,找了把刀捏在手里,又有了当首领的感觉,就推开搀扶他的人,说:"大局为重,听听,人狼联手,这个主意非常大胆,值得考虑,值得借鉴,值得提倡……"白卫越说越来劲,就像那主意是他想出来的一样。

"不可不可,理由有三。"白胡子连忙摆手打断,伸出四根手指头,"一是狼会咬人,除非狼牙掉光,否则,本性难移。二是死亡谷里的怪物神通广大,危险太大。三是他们去救小白狼,跟我们好像没有几根毛的关系呀。"

白卫觉得有理,就把刀举起来晃了晃,喊:"人和狼自古没有联手的道理,收回你们的想法吧,想用梨子充当秤砣,没门!"

如风听不懂,望着黄小蛮,一脸期待。

黄小蛮一脸喜气,说:"他们说必须和狼族联手一起去死亡谷,谁要不去,就砍他的头充当秤砣。"

如风一惊,没想到人会为救小白狼这样不顾一切,真是感动。他冲黑暗中的绿眼睛们喊:"还等什么?让我们冲上去,表示我们的敬意吧!"

狼们一齐冲上前,在离人群三步远的地方齐声嘶叫。人们吓得不知所措,以为狼要攻击了,都做好了战斗的准备。

"不要惊慌!"黄小蛮跟上去冲人群挥了挥手,"狼群的意思是,要么大家联手去死亡谷,要么就在这里拼个你死我活。"

白胡子还想阻止,又伸出了四根手指头。

"收回你的三条理由。"白卫一把将白胡子的指头打回去,冲人群喊,"大局为重,听我号令:人狼联手,杀往死亡谷!"

人群一阵欢呼,狼群也一阵嘶叫,然后,狼群在前,人群在后,浩浩荡荡向死亡谷进发。

25 龙神现原形

接近死亡谷的时候,天还是像拉上一层厚布一样黑。狼群在前面,后面人手中的火把摇晃的光亮,让狼们眼睛发花了。如风很不客气地让黄小蛮转告一下,让人都把火把灭掉。黄小蛮也很不客气地告诉他,说人是不会灭掉火把的,那样,他们就看不见路了。

如风正在边往前走边生闷气,就听到一阵风声,呼啦啦,火把全灭了。他得意地冲旁边的黄小蛮笑了两声,说:"看看,天都帮我。"

黄小蛮也笑了两声,说:"这不是天在帮你,是怪物。"

如风一听,就吓住了,停住脚步不肯向前了。整个队伍都停了下来。他很警惕地向前望了望,什么也没看见,就转头问黄小蛮:"怪物在哪里?"

黄小蛮没有回答,而是回头望了望,不慌不忙地说:"你知道这是哪里吗?死亡谷呀,你都走进来一半了。"

"怎么办?退出去吗?"如风突然慌神了,像个没主见的孩子。

黄小蛮转过身,指了指狼群以外,人们手里都握着明晃晃的刀,说:"你想惹事就退吧,撞到刀口上别喊疼!"

如风见进也不是，退也不是，就急得原地转圈，说："到底该怎么办吗？"

"安静，站着不动，你会不会？"黄小蛮拍了拍如风的后背，"拿出点狼的样子来，好不好？"说完，就朝前摸去。

如风不好意思地摇了摇尾巴，愣在原地，呆呆地望着。

黄小蛮一纵身，就消失在黑暗中。她沿着谷底，凭着感觉，准备到挂满藤萝的悬崖下面去探个究竟。她正往前走着，脚被绊了一下，一个跟头栽在地上。她以为是藤条，爬起来强忍着疼伸手去摸，却发现软乎乎冷冰冰的。她吓得把手缩回来，向后跳出一步，准备迎战。

"我在这里等候多时了，嘿嘿。"黑暗中传出一个声音。

黄小蛮什么也看不清，吓得浑身乱抖，为了壮胆，就扯着嗓子说："你这怪物，总是在暗地里使绊子，有本事，你露出真面目，跟我比试一下！"

"我不是怪物，我是千年蛇妖。"一个黑影摇晃着竖起来。

"趴下，别累弯了身子。"黄小蛮终于看出来了，就放松了许多，一把按下蛇妖，"大半夜不睡觉，跑到这里来装神弄鬼，害不害臊呀？都这么大一把年纪了！"

"我本来是在睡觉的，一来年纪大了觉变少了，再则你们这么大动静，我还怎么睡呀……"蛇妖一肚子委屈。

黄小蛮还一肚子气呢，马上打断，说："哦，你就横在路中间装死吓唬我，是不是？"

"我不是吓唬你，我是来阻拦你的。"蛇妖探了一下身子，怕被拍，又连忙趴下，"去不得，不能再往里走了，赶紧撤吧！"

"又来了，总是老一套，就不会变点花样？"黄小蛮一指黑乎乎的山崖，"我又不是没去过，只要顺藤往上爬，就能找到怪物的藏身之处。这一次我有强大的队伍，人和狼都来了，你没看见吗？"说着，她还指了指黑压压的一大片。

"他们都是来找死的，来得越多，死得越多呀！"蛇妖叹了口气，摇了两下脑袋，晃了三下尾巴，"你现在连悬崖都上不去了，那些藤条全部被连根拔掉了，崖壁上光秃秃的。那个洞口也被堵住了，根本进不去了。"

"你说什么？小白狼呢？他是死是活？"黄小蛮一着急，就揪住了蛇妖，好像是蛇妖吞掉了小白狼，非要他马上吐出来不可。

蛇妖被摇得直吐信子，感觉快喘不过气来了，急得把身子一甩，重重地搭在黄小蛮身上。黄小蛮没有防备，被压得一歪，倒在地上。

这一下不得了，狼全部冲了上来，人也围了上来，都以为黄小蛮在和蛇搏斗，要过来救她。黄小蛮松开蛇妖，爬起来，以为发生什么大事了，盯着如风。如风盯着蛇妖，随时准备冲上来。白卫也亮出刀，盯着蛇妖。

黄小蛮一看气氛不对，连忙摆了摆手，说："你们这是想干什么？他是我朋友，救过我命的，客气点，好不好？"

如风和白卫都有点莫名其妙，对望了一眼，放松下来。

黄小蛮见四周还是黑，就冲白卫说："爸，把火把点上吧！"

白卫听得心里一惊，马上又感到一阵心疼。他没有想到黄小蛮还会叫他爸爸，因为他已经决定要杀黄小蛮了呀。这种复杂的心情把他的眼泪挤了出来,幸好没有光亮,他连忙抹了一下眼角,冲后面的人群喊:"为什么还不把火把点起来?"

忽的一下,人群中闪出一道火光,很快,大家的火把都燃起来了。四周顿时明亮起来,在火光的摇晃中,明明暗暗的影子也在晃动,好像遭到埋伏,搞得大家更加紧张。

等大家看清四周,情绪稳定之后,蛇妖就小声对黄小蛮说:"快带他们回去吧,上面的怪物肯定盯着你们呢,趁他没有发威,快逃吧!"

黄小蛮想了想,点点头,转头说:"你们快逃吧!怪物一出现,大家都危险了。"

如风望望白卫,白卫望望如风,都不动。他俩不动,谁都不能动。黄小蛮心急,伸手去推白卫,想让他尽快带着人群撤。白卫一把抓住她的手,说:"我不能走,我必须跟你在一起。"

"为什么?"

"就为你刚才脱口叫了我一声爸……"白卫声音有点哽咽,吞吞口水,"我突然觉得你还是我儿子,就是我儿子……"

黄小蛮感到心头一痛,泪水涌了出来。她忍了忍,抽出手来,转头对如风说:"拜托,你带着大家撤吧,不要搭上这么多命。"

"孩子,怪物手里的是我们狼族的王呀,你现在是为我们狼族拼命呀,你让我撤,我撤得下去吗?"如风坚定地看了看黑崖,"你往前走,我们就在你身后。"

黄小蛮使劲点点头,一转身就朝前大步走去。蛇妖喊了几声,想阻止,没成,就叹了一口气,倒在一边,让出一条道,嘀咕:"血腥呀,悲惨呀,我不忍看了……"

黄小蛮当然没听到,一直走到悬崖下面,借着跟过来的火光,看到悬崖上面的藤条果然都不在了,崖壁光秃秃的,根本没有办法攀爬。她再眯着眼睛往上看,原先的洞口也没有了,被石头堵塞着。

她担心小白狼,就想往上爬,可是爬了几次,都掉了下来。白卫让几个汉子肩踩着肩做人梯,也没成功。因为悬崖太高,黄小蛮站在最上面,人梯搭不了多高,她就感觉到突然来了一阵邪风,然后,身体歪了,她掉了下来,上面的人也纷纷掉下来,都不同程度地受了伤,只有她身轻手快,没有大碍。

大家都束手无策,望着黄小蛮,等她说撤。

黄小蛮知道必须作决定了,就说:"你们都后退,退到看不到我的地方,快!"

白卫愣了一下,还是一挥手,命令后退。等大家都退出很远,白卫却不放心,偷偷地往前凑了几步,紧张地望着悬崖下面。

这时,他看到那里旋起了一阵风,非常猛烈,卷起的石子打得崖壁啪啪直响。就在风的中央,突然一声爆响,一个巨大的金黄色的怪物腾空而起,那怪物像一条蟒蛇,但比蟒蛇要大无数倍,身上有四只利爪,头上有坚硬的角……哇,这不是传说中的龙神吗?

白卫只觉浑身无力,两腿发软,一屁股瘫坐在地上。

那怪物正是黄小蛮,因为蓄积了很久,这次破皮而出,又增大了许多。她觉得自己浑身是劲,一蹬地,竟然飞了起来。她飞到悬崖绝壁上,凭着记忆找到了原来那个洞口,正被石头封死。她先用利爪抓住崖壁,稳住身子,然后伸手使劲一抠,

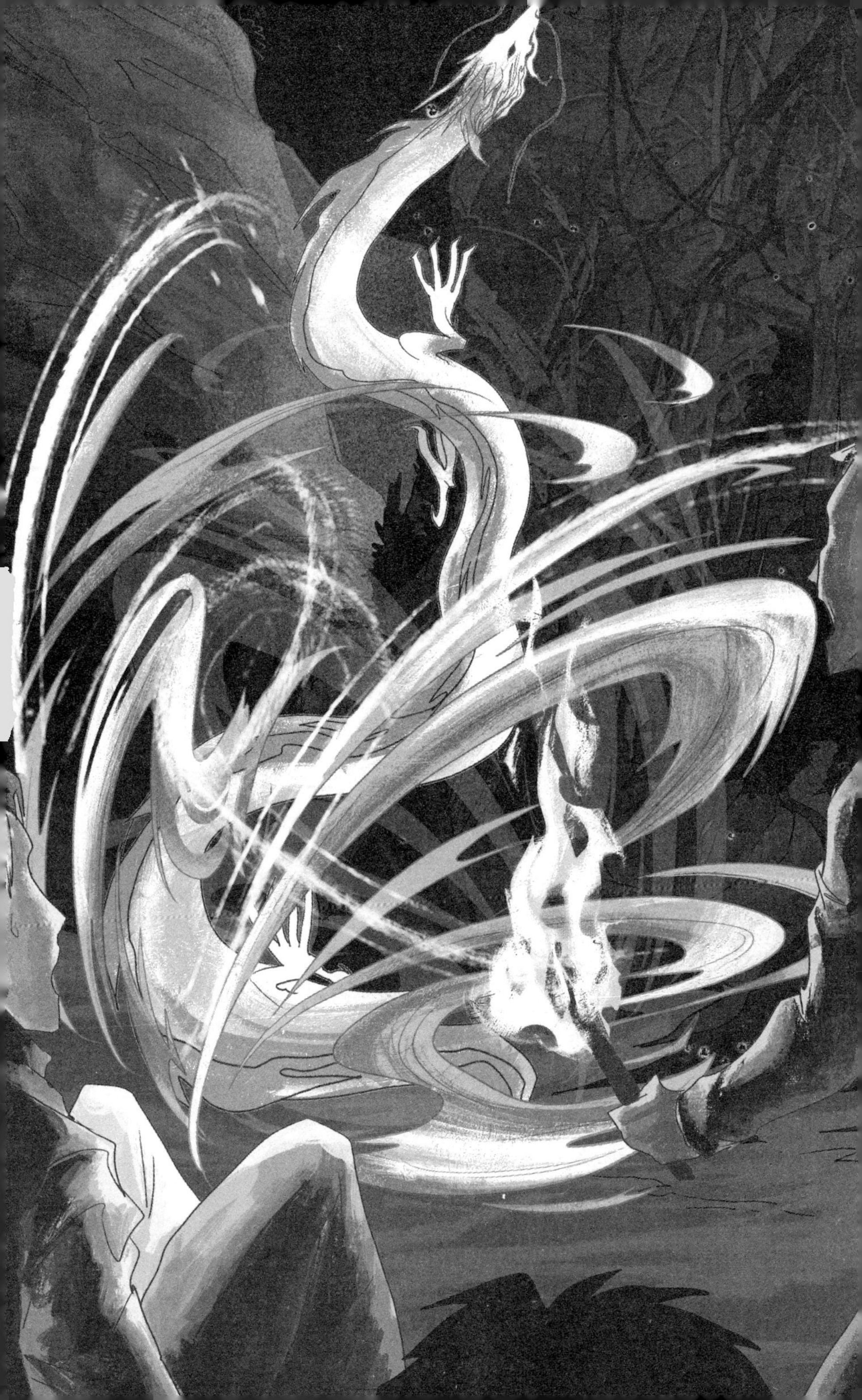

石头就松动了,再一拉,就掉下去一大块。紧接着,噼里啪啦,她把石头一块接一块抠开,扔到崖底,传来阵阵回声,那个洞口渐渐露了出来。

白卫惊得跳了起来,想冲上去看发生了什么。蛇妖一甩尾巴缠住了他不让他去。

白卫一脸的焦急,"让我去!他是我儿子呀!"

蛇妖还是死死缠住白卫不放。

……

就在他俩僵持不下的时候,响声停止了。白卫抬头望,洞口处已经没有身影了。这时,人群和狼群都围拢过来,大家都仰望着,张大嘴巴,好像期待着上面有什么好吃的掉下来。

而这时,黄小蛮已经钻进了洞里。洞很深很长也很黑,她一直往前摸索着,无法想象前面是什么等待着她。洞壁把她自己的呼吸声反射回来,很急很重,四处乱窜。

她受不了黑暗的折磨,奋力向前猛冲,最后重重地撞在石壁上。她只觉头晕目眩,摔倒在地。她发现前面是个死胡同,便躺在地上休息了片刻,才慢慢爬起来。这时,她意外地发现,被她撞过的石壁漏出一道光亮。

她心中一喜,伸手猛推,石壁竟然有些松动,再一推,哗啦一声,一大片光亮倾泻进来。她以为找到了出路,向前一纵,却踩空了,身体向下坠落,掉进了一个深深的水潭中。她挣扎着浮出水面,看到了一片蓝天,同时,也看到一个巨大的黑影俯冲下来,又把她死死地压进水里。

26 龙族相遇

黄小蛮憋着气挣扎,最后终于忍不住了,猛喝了几口水。她以为自己会呛死淹死噎死,反正做好了一切死的准备,谁知一点事也没有——原来,她根本不怕水呀。她心中一喜,拼命伸出利爪搏斗,搅动一阵阵水浪。渐渐地,那个巨大的怪物松手了,黄小蛮霍地冲出了水面,四周明亮晃眼,却看不到怪物的影子。

她正在犹豫,就感到水底搅动,哗的一声,水柱冲到半天云里去了,水花落下,露出一个撑天的柱子,通体金黄。她知道这就是传说中的怪物真面目,吓得往后缩了一下。因为悬殊实在太大了,无论在哪里,只要被怪物抓住,就没有活命的机会了。所以,她在等死,无论是人还是狼,在怪物手里都只有等死。

可是,怪物并没有下狠手,只是从空中俯视着,好像在找个合适下手的穴位。

黄小蛮就不耐烦了,死不可怕,但不能让怪物挑三拣四的呀。于是,她仰头喊:"赶紧动手吧,再东看西瞄的,我就不客气了!"

"呵呵,有个性,我喜欢!"怪物发出阵阵怪笑,整根柱子乱晃荡。

黄小蛮更生气了，这家伙餐前还要愉悦身心吗？岂有此理！她狠狠地喷出一口水，喊："没见过你这么挑食的，想吃掉我，就来个痛快的，哪来那么多废话？"

"嗯，哦，哈——"怪物一边笑一边摇头，"我怎么会吃你呢？笑话了。"

黄小蛮也有点摸不着头脑了，又狠狠地喷了一口水，喊："你为什么不吃我？"好像她来这的目的就是被吃掉。

"我在这里等了几千年几万年，唉，到底多少年，我早就记不清了，总之，我才遇到了你这么一个同类，你说说，我怎么舍得伤害你呢？"怪物的口气好像很认真，一点玩笑的意思也没有。

黄小蛮低头一想，也是啊，刚才在水里，怪物只是想控制住她，并没有下狠手，反而是她东抓西挠，让怪物吃了不少苦头。她有点不好意思，试探着问："你这么高大，我们怎么是同类呢？"

"你也不小呀，直起来试试。"怪物不等黄小蛮同意，就一把将她提了起来。

黄小蛮本来很反感那只大爪子抓住自己，使劲扭了几下，没挣脱，却发现自己真的越来越高，越来越高，当然最后还是比怪物差一大截，不过，她挺激动的。一切在她四周都矮了下去，这种感觉真的很奇妙。

不过，还没等她激动到头，一只爪子就伸了过来，而且和她的爪轻轻贴在一起。她刚想抽走，就听怪物说："你看，是不是很像？"

她这才知道怪物的用意,就定神看了看,何止是像,简直就是一模一样。她像发现了新大陆,惊讶地抬起头,意外地发现,她和怪物之间远不止爪子相似,头、脸、身子的形状和颜色都是那么相似……天啦,这是怎么回事?

她睁大眼睛望着怪物,怪物正笑眯眯地望着她,一副胸有成竹的样子,好像他早就知道答案。

黄小蛮瞪了他一眼,说:"你笑什么?我们很熟吗?"

怪物扑地笑出了声,说:"我们不能用熟不熟来说,这么跟你说吧,我们是世界上极稀有的物种,大概总共也不超过四个吧,我以前知道的有三个,你是第四个……"说着,他用手指过来。

黄小蛮一把打开,说:"别我们我们的,你是谁呀?"

"呵呵,怎么,你连自己是谁都不知道吧?"怪物并不介意,只是把手收了回来,"我是龙,你也是龙,我们是龙族……"

"真的吗?"黄小蛮一把抓住怪物的手,因为她一直不知道自己是谁,太激动了。

怪物被抓疼了,把手抽回来,说:"劲真大呀,只有龙族才有这么大的劲,真的。"

黄小蛮睁大眼睛看了看自己的手,确实与众不同,掌心精瘦有力,指头坚硬锋利。她不好意思地缩回来,把话引开,问:"龙族都有名字吗?你叫什么名字呢?"

"有,当然有。"怪物笑了一下,"我叫亲亲。"

黄小蛮差点笑出声来,连忙捂住嘴巴,假装咳嗽,好半天才平静一些,才说:"这个名字好像跟你不太搭哟,是你爹妈给你取的吗?"

亲亲摇了摇头,抬头望着天,好像看到了什么,悠悠地说:"不,是我的一个朋友取的,她叫雪隙,是她看着我出生的。"

"雪隙?她是什么人?"黄小蛮听这名字好怪,顿时好奇心长到了脑门上。

亲亲张了张嘴,把想说的话又吞了进去。

黄小蛮急得恨不得踹上一脚,猛地一甩尾巴,搅起一阵浪,说:"你是要把我气死还是要把我憋死还是要把我闷死还是要把我恨死还是……"

亲亲一只手猛地伸到黄小蛮嘴前,吓得黄小蛮向后一仰,哐地倒在水潭里,整个身体慢慢缩到水中,呛了好几口水才浮出水面。亲亲也跟着放下身子回到水面,却被黄小蛮喷了一脸水。

黄小蛮气呼呼地说:"你还要把我淹死,是不是啊?"

亲亲笑着连连摆手,把话岔开,说:"唉,你不想知道你为什么还没有死吗?"

"我,为什么要死?"黄小蛮气得一拍水面,"你要我死我就死呀,想得美!"

"呵呵,你能活下来,完全是命好。"亲亲摇了摇头,"还记得你第一次摸进我的洞口吗?那一次我是真的要杀你,正当我要下手的时候,你身上的一个小壳片掉了出来。我能够认出那是我们龙族特有的壳,你身上怎么会有?就在那一闪念间,我收手了。你逃过了一劫……"

"你是想让我感激你的不杀之恩吗?不好意思,让你久等了,等到海枯石烂腿打颤,我也——不会说的。"黄小蛮甩了一尾巴，溅了亲亲一脸。

亲亲没有在意，抹了一把，接着说："刚才黑灯瞎火的，你们都闯进了谷底，以我往常的习惯，是决不允许的。可是，我看到了你，就没有动手，想观察一下。你和几个人叠加着想爬上悬崖的时候，我就在空中注视着，等到一定高度，就吹一口气，让你们倒下去。这样，你就爬不上来了。没想到，你后来挣脱了人皮，露出了龙体——那一刻，我真的激动得要哭了。你知道吗？自从我来到这里，就再没见过同类，你说我能不激动吗？我，我……"亲亲忽然腾空而起，直入云天。

黄小蛮望着天空，张大嘴巴发了半天呆，突然打出一个喷嚏。就像开了一炮，在天空中击落了黑影，黑影直直坠落，插入水中，激起冲天巨浪，扑了黄小蛮一鼻子一脸。黄小蛮抹了一把脸，说："再激动，也不用上天入地的吧！"

"不好意思，我已经习惯了。"亲亲咧嘴笑了笑，"这里就是我散心透气的地方，没事的时候，我总是到水潭里来静静地游动，静静地望着天空，静静地呼吸，静静地想以前的事情……"

"等等。"黄小蛮一伸手打断，"你的习惯是静静才对呀，可你刚才上蹿下跳，好像有点不在调上哦！"

"哦，我还没说完呢。我是说，我一般情况下是静静的，可是，一激动就会突然冲上天空。那里可以透气嘛。"

"但愿你别再激动，我心脏受不了。"黄小蛮扮了个鬼脸，摸了摸胸前，好像心脏病发作似的。

"对不起，我会注意自己的言行的。"亲亲一把扶住她，生怕她倒下去，"算了，这里不好玩，我带你到里面逛逛。"

"什么，这里还不是你的卧室吗？"黄小蛮惊得嘴巴咧开，牙齿都快掉出来了。

"当然不是，我说过，这里只是我散心透气的地方。"亲亲挥了一下手，先朝一个暗道游去，"精彩的还在后头。"

黄小蛮盯住他在空中划过一道弧线的利爪，突然清醒了。怎么可以跟他成为朋友呢？他杀害了小白狼呀！

亲亲见黄小蛮没跟上来，就回头说："傻愣在那里干什么？洗澡不用收费吗？"

"收什么费，我要跟你拼命！"黄小蛮忽地摆出一副要打架的样子。

亲亲吓了一跳，说："神经短路了吧？刚才还好好的，怎么转眼就要拼命呢？"

"我就是要搏斗，我是为小白狼来的，你不会说你不记得小白狼了吧？"

"记得，当然记得，我就是带你去看他呀。"亲亲做了个请的手势。

"真的？"黄小蛮眼睛亮了一下，马上又暗下来，"你是把他弄死了还是弄残了还是弄得奄奄一息生不如死……"

亲亲摇着头，说："你的想象力真够丰富的，我一时也说不过你，等你见到了就一切都明白了。"

黄小蛮犹豫了一下，还是跟了过去。亲亲忽地潜入水中，游入一条长长的石洞。黄小蛮跟着潜游过去，好长好长，正感觉游不到头了，忽然看见前面一团亮光。她浮出水面，看到了意想不到的一幕。

这里有好大好大的空间，简直就是另一个世界。但这里的光不是来自星星,也不是来自月亮,当然更不是太阳。在四周的崖壁上,悬挂着一颗颗宝石,光亮就来自那里。

亲亲已经上岸走出一段距离。黄小蛮正要快步跟上,突然看到了一样东西,吓得她差点晕倒。她敢肯定,那就是一个狼的骨架——天啦,可怜的小白狼,可恨的亲亲!

黄小蛮无法控制心中的怒火,腾空而起,冲向亲亲,伸出利爪狠狠地抓了下去。

27 寻找小白狼

亲亲听到背后动静不对,一转身接住黄小蛮,一边躲闪,一边说:"别瞎胡闹,别开玩笑!"

"谁跟你开玩笑?我非杀了你不可!"黄小蛮又是一利爪下去。

亲亲这回没有躲闪,而是一把死死地抓住黄小蛮的手腕,让她动弹不得,才问:"你疯了吗?"

"我没疯,我要为我的朋友报仇!你杀了我的朋友,我还跟着你屁股后面走,那才是疯了呢!"

"谁说我杀了你的朋友?"

"还用谁说吗?你当我是瞎子呀!"黄小蛮双手不能动,用嘴巴愤怒地一指岩石旁边的骨架。

亲亲明白了,说:"那是多年前闯进山谷的一只狼,我把他抓了进来,放在这里,他渐渐老得走不动了,最后死在这里的。"

"听起来像个传奇哦!"黄小蛮将信将疑地盯着亲亲,"传说中的恶魔难道会是个心慈手软的慈善家吗?"

亲亲松开手,说:"倒也不是,如果遇到不顺服的,我就会出手。正常情况下,我是不会有意去伤害谁的。"

"那么，小白狼算不算顺服？"黄小蛮担心地问。

亲亲笑了一下，说："还好吧，比你顺服一点。"

"这么说，他一定还活着，快让我见到他！"黄小蛮快速地摆动着身体，分不出是惊喜还是耍赖。

"你慢慢去找吧。"亲亲望着这个同类，直皱眉，"这里很大，他在哪里，我也说不清。"

黄小蛮听完，腾地起身往前冲，尾巴扫到了一颗宝石。宝石掉下来，滚出很远。

亲亲连忙捡起来，小心翼翼地挂回原处，说："这些石头都是我从地下深处挑选出来的，它们能自己发光，但不是永久的，就像生命，有的是十几年，有的是几十年、几百年，也有上千年的，终有一天，它们会熄灭。所以，你要爱惜他们哦。"

黄小蛮愣了一下，不好意思地点点头："你就好好地在这里照看你的宝贝吧，我先往前走了哈。"然后，她动作轻轻地向前摸索前进。

亲亲盯着这条调皮的小黄龙，轻轻摇了摇头。

黄小蛮越往前走，越觉得这里是个神奇的世界。她以前做梦也没想过，地下会有这么大的空间，这不像山洞，也不像宫殿，简直就是一片山野，被黑压压的天笼罩着。如果没有那些散落四周的宝石照亮，肯定是伸手不见五指。

她正走着，突然看到不远处有个白色的影子。她心里一喜：小白狼，一定是他！

她追赶了几步，白影却消失在一块大岩石背后。该死的小白狼，一定又想搞恶作剧。哼，想捉弄我，没门！

她轻手轻脚地靠近岩石，并没有顺着边儿绕过去，而是忽地一纵身,跳上了岩石顶,趴在上面就可以俯视四周了。她看到在岩石的另一面,白影贴着,还是露出马脚。她就伸出尾巴下去猛地点了一下白影。白影惊叫了一声,想逃,却被绊倒了,仰躺在地上。

她这才看清不是小白狼,而是一个白发女子,连头发都是白的。白发女子也紧盯着黄小蛮,一脸的紧张,手在不停地抖动。

黄小蛮想解释自己没有恶意,完全是搞错了,可又怕说不清楚,就摆了摆手,身子往岩石上缩了缩。

白发女子连忙从地上爬起来,转身跑远了。黄小蛮远远地跟踪了一会儿,看见前面还有几个人影。原来,这里面还有不少人呢!会不会有妈妈?她很想捉住一个问一下,可是,一想到自己现在这种样子,谁还会相信她妈妈是个人呀!唉,还是先尽快找到小白狼吧!她一转身,向另一个方向走去。她清楚,人和狼是不可能聚在一堆的。

宝石的光五颜六色,四周的影明明暗暗,时不时就会蹿出个什么东西,眨眼间又消失在幽暗里。黄小蛮当然不会害怕,她现在已经是庞然大物了,这些小东西都在躲着她呢!她觉得很有意思,咧嘴笑了笑,心情轻松大半截。

忽然,她听到流水声,循声赶过去,竟然看到了一条河。这里有地下河!她正感到浑身燥热,就一头扎了进去,爽死了!她时而浮游,时而潜水,时而用尾巴甩起浪花,时而从嘴里射出喷泉……呵呵,她还从来没有这样开心地玩过水呢!

玩累了,她就仰卧在水面,看到的当然不是天,是黑黑的石头顶罩。河的一侧是比较开阔的,另一侧是陡峭的崖壁,在崖壁之上，有许多洞孔，每一个洞口都像一张怪兽的嘴巴。

忽然，她看到怪兽的嘴巴里有绿光闪动——太熟悉了，那就是狼的眼睛。小白狼，一定是他。你这该死的家伙，我让你躲着不出来！哼，你就瞧我的厉害吧！

她偷偷笑了一下，猛地吸了一大口水，忽地竖起身子，正好到了洞口的高度，然后，把嘴里的水全部喷了进去。那双绿眼睛当然已经不见了，小白狼肯定夹着尾巴，浑身的水顺着毛往下滴答……

"你给我出来，再不出来，还有第二口、第三口，直到把这个洞灌满，你信不信？"她说完，就连忙捂住了嘴，生怕自己笑出声来。

一阵甩头的声响，一个狼脑袋伸了出来。黄小蛮定睛一看，不对呀，怎么是灰不溜秋的呢？她一把揪住狼耳朵，生生把狼拖了出来，问："你是不是染了毛？小白狼。"

"哎哟，疼呀！"狼被吊在空中，四脚乱蹬，"我是很保守的，才不会赶时髦染毛呢，我天生就是灰毛呀！"

黄小蛮不听，直接把狼插到河里刷洗了一番，再提起来看，还是灰的，就信了。她把灰狼放到洞口，说："哦，我在找一只小白狼，你看到过吗？"

"你是说前几天来的那只小白狼吗？你找他有什么事吗？"灰狼吞吞吐吐的。

黄小蛮手一扬，说："有事，要向你汇报吗？"

灰狼吓得连忙缩头，说："不不，不是那个意思。我是说，要找到他，还是很不容易的。"

"怎么，你把他藏起来了？快交出来！"黄小蛮一伸手又抓住了灰狼。

"我哪敢呀!"灰狼连连摆手,"我是说,他是一只与众不同的狼。你把手松开,我慢慢跟你讲。"

黄小蛮把手收了回来,盯着灰狼,说:"你别耍花样,你的耳朵逃不过我的手指。"

灰狼连连点头,耳朵乱颤,说:"你是新来的小龙吧,以前这里只住着一条大龙,他的身体比你大,颜色好像差不多……"

黄小蛮手一举,说:"你在做比较题吗?小心我盖了你!"

"别,别,我只是为来了一位新霸主高兴呀!"灰狼很认真地瞄着黄小蛮,"我发现你身上有更多的活力,更多的魅力……"

"我知道你心里想的是更凶。"黄小蛮一拍石壁,"别跟我扯野棉花,小心我盖了你!"

灰狼缩了缩头,吞了吞舌头,说:"还是说老霸主吧,他担心我们和人类在一起不能和平相处,就把人放在河对岸的开阔地上,把我们都放在河这边的悬崖峭壁上,我们只好住在洞里。现在,这岩洞里都住着狼,不信你看。"

黄小蛮扫了一眼,果然发现每一个洞口都闪着绿光。她似乎明白了什么,问:"你是说这洞口太多,不容易找到小白狼吗?呵呵,你太低估我的能力了,我只要喊一嗓子,他准出来。"说着,她就要扯开嗓门喊。

"别喊,会乱套的。"灰狼连忙制止,"你嗓门再大也没用,他根本不在这里。"

黄小蛮没有理会,扯开喉咙就喊:"小白狼,出来,看看谁来了！"

好家伙，那些黑咕隆咚的洞口都伸出了狼的脑袋，一个个嗷嗷直叫，此起彼伏。黄小蛮吓了一跳，不知发生了什么，左看看右瞧瞧，最后就盯着灰狼等答案。

灰狼叹了口气，说："唉，你不知道呀，我们狼族到了这里，就不是狼族了，简直成了山洞囚犯。老霸主是不允许我们出洞找食物的，如果谁过了河去打人类的主意，那他就死定了。所以，我们只有老老实实地窝在洞里，等着他不定时不定量地给我们送来一些食物。他每次到来，就会喊一嗓子，这些饿得哇哇叫的狼们就迫不及待地伸出头来，求食。"

"你们为什么不离开这些洞穴呢？总能找到更舒适的地方吧？"黄小蛮随处指了指，好像遍地都比这里好似的，"是不是那个老怪物不让你们出洞呀？"

"小声点，可不能这么称呼他呀！"灰狼连连摇头，一副吓坏了的样子，"他倒什么也没说，只是把我们放进洞里。你看看，一出洞口就是这么陡的崖壁，我们出得来吗？爬出洞口的十有八九都掉进了河里，进了河里又不能游到对岸，上对岸就必须死。就算不掉进河里，你再往那边看看，爬不了多远就是个断壁，还是无路可去呀！"

黄小蛮侧头望了望，不远处就是河流转弯处，很急，崖壁在那里断开，一只狼要想绕过断壁，几乎是天方夜谭。她发了一会儿呆，突然转头问灰狼："小白狼是怎么离开这里的呢？"

"谁也说不清楚，是死是活都难说呀！"灰狼摇了摇头，"他一开始就被丢在我旁边的这个洞里，可是，他一刻也待不住，探头就往外爬。我劝他不要白费力气，可是，他根本听不

185

进去。他说，他宁愿死，也不会在这洞里，这里就是对狼族的侮辱。我说他还太年轻，太冲动，太不懂得忍辱负重。他却说这是尊严问题，无论年纪多大，作为狼族，决不能放弃尊严……"

"说得多好！"黄小蛮忍不住赞叹了一句。

"你说什么？我没有搞懂你的意思。你能不能再说清楚一些？"

"你慢慢琢磨吧！我得找他去了。"黄小蛮扭动身子，腾空而起，"有些话你们也许永远都搞不懂，因为你们跟他不在一个频道上。我只告诉你一句，他的名字叫白崖飞！"话音未落，身影已经飞远了。

黄小蛮在飞过断壁的时候，也有点没底儿了：白崖飞呀白崖飞，你到底会不会飞？这么宽的水面，水流又这么急，你要是掉进去了，我上哪儿找你去呀？

她一边向前，一边在心里祈祷：但愿你还活着，你一定要活着，你敢不活着，看我不掐死你！

28 小白狼吃鱼

前面空阔的水面、陡峭的悬崖对黄小蛮来说都是小菜。她轻松飞过，裹着一阵风，把水面卷起了层层巨浪。不一会儿，她看到对岸有一个可以落脚的场地，那里的崖壁缓慢成坡，渐渐地延伸成一片平地。

她降落之后回头一望，发现河对面光亮闪闪，发光的宝石挂满崖壁，这里却一颗也没有，黑咕隆咚的，只能借着对岸的光，勉强前行。

脚下都是石块，连一根草都不长。

四周一眼能望到边，更好寻找。可是，她怎么也看不到那个白色的影子。望望三面的石壁，又陡又高，一直接到上面的顶，就像浑然一体的宫殿，她断定小白狼最多只可能跑到这里，再想往别处去，除非他长了翅膀。

越是这样想，黄小蛮就越是焦急——小白狼不能飞，又不见影子，那就只有一种可能，被河水冲走了。

她转身向河边摸索过来，沿着河边左一望，没有，右一瞄，嘿，有一个白影，正在往河里探身子。她惊喜地冲过去，一把将白影拉上来，喊道："你别想不开呀！我来了，都会好起来的。"

被拉上岸的正是小白狼白崖飞。他躺在地上，有气无力，望着巨大的黑影，说道："我刚刚能够着河面，想喝一点水，一口还没喝到，就被你拖开了。你要我怎么想得开呀？"

黄小蛮眨了眨眼，咧了咧嘴，一脸的抱歉，说："这个好办，来，补上。"说着，就一把抓起小白狼，送到河里，把他的嘴戳到水里。

好嘛，小白狼一口没喝上，被呛得半死，不停地挣扎。黄小蛮以为他喝得高兴呢，狠狠往前又伸了一下。小白狼拼了命把头挣出水面，大喊："够了！"

黄小蛮收手，把小白狼放在地上，一脸高兴地望着，说道："不用那么大声，我喜欢你轻言细语的……"

小白狼恨恨地望着她，一口气没接上来，脖子一梗，头一歪，双眼一闭，没了动静。

黄小蛮慌了手脚，一把抓起小白狼，不停地摇晃着，喊道："你怎么了？醒醒呀，醒醒……"

小白狼突然睁开眼睛，一脸痛苦，说："求求你，快放手，我受不了了……"话音未落，一侧头，哇地吐了。

黄小蛮恶心得一皱眉，一松手，小白狼啪地重重摔在石板上，正好躺在吐出的脏物上。

黄小蛮一脸抱歉，问："你还好吗？"

"不好！"

"那，你感觉如何？"

"饿！"

"那么，我能为你做点什么呢？"

小白狼憋了一会儿，突然大喊："给我弄吃的来，你这个废话篓子!"然后,头一歪,又不动了。

黄小蛮算是明白了,可是,上哪儿搞吃的呢?她一抬头,正好看见亲亲盘旋在对岸,就使劲招手,喊:"过来,快过来!"

嗖的一下,亲亲就横飞过河,直落到地,望了望昏迷的小白狼,说:"他一定是饿了。"

"我知道,废话篓子,你赶紧去找点吃的来呀!"黄小蛮没好气地瞪着亲亲,"都怪你,知道吗?"

亲亲没有介意,只是缓缓地说:"他很有个性的,我给他东西,他决不会吃。"

"哪来的废话?你只管弄过来,交给我,不就完了吗?"黄小蛮又嘀咕了一句,"废话篓子!"

亲亲没再说什么,也没有远离,只是一转身,就探着手在河面上等待着。黄小蛮看到这怪动作,又好气又好笑,刚想上前发作,却见亲亲突然一手扎进水中,提出来的时候,已经稳稳地捉住了一条鱼,然后,直接把鱼伸到黄小蛮面前。

黄小蛮吓得后退一步,接过鱼,想起以前小白狼是最讨厌吃鱼的,就举在手里冲亲亲喊:"只有鱼吗?多难吃呀,这种浑身长满鳞片的家伙,给谁吃就等于是要谁的命……"

"那就来要我的命吧!"小白狼突然睁开眼睛,一脸的渴望。

黄小蛮愣了一下,笑了起来,说:"我是来救你命的,你胡说什么呀?来,吃!"然后,一条鱼戳到了小白狼的嘴里。

小白狼无法下嘴,用力翻身起来,吐出鱼,说:"你这个女汉子,就不能小心一点、温柔一点吗?"然后,头也不抬,抱着鱼，小口咬起来。

黄小蛮一脸无趣，一抬头，见亲亲正在一边看笑话，就使劲摆了摆手，说："你走开一点，他才有胃口。"

亲亲看见小白狼吃得头都不抬，这还没胃口呀！就偷偷笑了一下，转身退到了河边上，随时准备离开。

黄小蛮清了清嗓子，对埋头苦干的小白狼说："你为什么不吃那个大怪物给你的东西？"

小白狼没有停止啃咬，从牙齿缝里漏出声音："他呀，太野蛮了。我是吃软不吃硬的，你清楚的呀！"

"清楚，相当清楚。就是我软弱好欺负。"黄小蛮望了望不远处的亲亲，又回过头问，"他是怎么个野蛮法呀？"

"这还用说吗？"小白狼啃咬的速度放慢了一些，还是没空抬头，说话声混着咀嚼声挤出来，"他一见我，就把我打翻，然后用藤条死死地缠住我。后来，他又拖我下水，潜到水里一直不让起来，拖着我快速地游呀游。我都快憋死了，才让我冒出水面，结果已经到了这个鬼地方。这还没完，他又把我丢在黑咕隆咚的石洞里，想起来了就丢一条鱼。这不是完全被他喂养起来了吗？我又不是宠物，凭什么让他玩呀？"

"是呀，凭什么？"黄小蛮好像抓住了亲亲的把柄，转头大声问，"你为什么要这样折磨他呀？"

"我没有折磨他。"亲亲摇动着身子，稍微靠拢一些，"我一直在这里潜藏着，这是我的领地，如果谁闯进来，我是不能放他离开的，对谁都是一样的。这是我的原则。我拖他下水，是要游过一长段地下水道，必须经过水道，才能到这里面来呀。进来之后，我就知道谁也无法离开了，我也不为难谁，让他们自由自在地活着。我这样做有错吗？"

"当然有错，但是情有可原。"黄小蛮转头小声对小白狼说，"他也是怕老窝被谁发现，传出去，事情就不好收拾了嘛。"

"对呀对呀，还是我们龙族心灵相通呀！"亲亲非常高兴地摇晃着身子。

"原来，你跟他是一伙的呀？"小白狼狠狠地扔掉只剩下骨头架子的鱼，"怪不得我总觉得你跟他长得这么像呢！早知道这样，我就不该吃你们龙族搞来的鱼！"噗，他吐出一根鱼刺。

这家伙吃饱了骨头也硬了脾气也大了！黄小蛮本想甩他一尾巴，又怕亲亲看笑话，就忍了忍，说："你有骨气，真帅！不过，我刚才忘了告诉你，这条鱼，是他帮你搞到的……"她指着亲亲。

"什么？你为什么不早说？"小白狼气得跳了起来，好像刚才黄小蛮骗他吃下了霉烂食品。

黄小蛮气得一哼，说："好，我现在说了，你吐出来呀！"

"说吃就吃，说吐就吐，你把我当什么了？"小白狼非常硬气，"吐也得讲科学嘛，我一般是在恶心或者昏眩的时候，才会吐的。"

黄小蛮不想再看到他嚣张了，一把抓住他的尾巴，倒提起来，说："好，我来帮你讲科学。"

小白狼一下悬到半空，高得心脏受不了，就连忙说："放我下去，快放手呀！"

"你不是要讲科学吗？"

"不，不，有时候，也要讲感情嘛，快，我要吐了。"

黄小蛮偷笑了一下，才肯放他下地。

亲亲在一边已经乐得身子盘成了九道弯。这么些年来，他一直小心翼翼把自己和外界隔绝，即使把这些闯入者抓进来，除了定时给他们喂食，也从不与他们打交道。在他眼里，什么人呀狼的都是低级动物，龙族根本不屑与他们为伍，更不要说交流玩耍了。

但黄小蛮这个龙族的后来者，完全打破了格局。亲亲从她身上似乎看到了自己以前的影子，自己和雪隙在一起，父王不是也横加干涉吗？想到这里，一股苦味涌上心头，他不禁叹了口气，摇了摇头。

黄小蛮正准备放小白狼下来，见亲亲直摇头，一愣，马上又把小白狼提得高高的，说："看到那个大怪物了吧，他不同意放你下去。因为食物是他搞来的，你不吐出来，他可不答应哦！"

亲亲可不想加强自己恶龙的形象，连忙凑近，摆着手说："不不，不必现在吐出来，留着以后慢慢吐也行啊！"

"真是好心肠呀！"黄小蛮冲亲亲竖起大拇指，然后放小白狼下地。

小白狼抖了抖毛，好像要甩掉一身的倒霉运，小声嘀咕："关押了这么多人和狼，还是好心肠？哼，我倒立着都看不出来。"

黄小蛮听到了一点尾音，一侧头，问："你说什么？"

小白狼当然不敢实话实说，黄小蛮也是龙族，谁能搞清楚她的心脏是怎么长的？于是，他就故意干咳了两声，说："我是说，我现在怎么也吐不出来。"

"你说谎。"黄小蛮轻轻地摆了摆手,"我一眼就看穿了你的心,你是在想,怎么才能从这里出去吧?"

小白狼非常尴尬,望一眼亲亲,又望一眼黄小蛮,不知该怎么说了。好半天,他才冷静下来,说:"是呀,我想出去,但是,恐怕我们谁也出不去吧!"

黄小蛮懂他的意思,故意把眼一瞪,说:"胡说,我怎么可能在这里久住呢?我马上就走,看谁敢挡路!"说着,就一把抓起小白狼,飞过河面。

忽的一声,更大的风声响起,亲亲一眨眼挡住去路,一变刚才的友好相,张牙舞爪地说:"谁都不能离开,留下来,我们就是朋友,想走,只有死路一条!"

黄小蛮也不是好惹的,一把丢掉小白狼,拉开架势,准备拼个你死我活。远处的人都跑开了,洞口的狼也缩回了头,空气顿时发紧,难以呼吸。

29 超帅的造型

最倒霉的是小白狼,本来好端端地在黄小蛮手里享受腾云驾雾的乐趣,没想到吧唧一下直线下落,摔在一块石板上,感觉屁股裂成了二八一十六瓣,疼得嗷嗷直叫,拼了命才翻身爬起来,大喊:"你们怎么回事?龙族打架,就该狼族遭摔,是不是呀?"

黄小蛮甩了小白狼一尾巴,说:"你哪来的那么多废话?像个男子汉,闭上你的嘴巴,冲过去帮我咬他一口,好不好?"

小白狼原地跳了一下,好让自己找到勇气,说什么也不能在黄小蛮面前丢掉男子汉的形象呀。等他四脚着地,又突然觉得不对劲,歪着脑袋问:"大仙,我闭着嘴巴怎么咬他呀?"

黄小蛮气得嘴巴都歪了,说:"你以为这是在上语法课吗?告诉你,这是体育课,劲爆体育!"说着,尾巴用力一甩,小白狼就飞了起来,直直地落到了亲亲的脚边。

小白狼这回算得上一名超群的体操健将,空翻很标准,伸展很优美,落地很稳健。他在心里给自己打了个一百分,嘴角上扬,发自内心的满意。不过,等看到亲亲尖利的爪子,他的笑就凝固在嘴边,一脸苦相,强作镇定地摸了摸爪尖,嘿嘿假笑两声,说:"真光滑,真漂亮,真——没见过!"边说就边往后躲。

亲亲一伸手就捏住小白狼,高高地举了起来,说:"你是来咬我的吧?随便你咬,只要你咬得动,我就放你走。"说着,就伸出一根手指戳到小白狼面前。

小白狼一口咬住,假装使劲,扎了扎牙,又松了口,笑着说:"咬不动,像铁皮,像石头……"

"你管他像什么,用力咬呀,你的牙齿都掉光了吗?"黄小蛮对小白狼非常不满,大声呵斥。

"我要用力咬了,牙齿就真的掉光了。"小白狼一脸委屈地望着黄小蛮,"明明是你们俩要打架,为什么要我先动口呀?我们狼族好欺负,是不是?"

黄小蛮一见小白狼嘴巴瘪了眼泪快出来了,就心软了,说:"瞎扯,我呀,是看你小巧灵活有头脑,才给你冲锋陷阵的机会,一般的笨狼,我还瞧不上呢!"

"哦,原来是这样呀!"小白狼一听好话,马上来神,好像什么都懂了,好像真的变得有头脑了,准备解决大问题了,可是,还没张嘴,脑袋又卡壳了,"你们到底是为什么要打架呀?先给我说清事情发生的原因,我才能深入细致有条有理地分析……"

"分析你个头呀!"黄小蛮最看不得小白狼拿到一块破砖头就蹬鼻子上脸,"我是要带你离开这个鬼地方,他不肯。你搞清楚没有?醒醒吧,不要以为没你的事儿。"

小白狼被这一喷,清醒了许多,回头望着亲亲,问:"你为什么不让我们离开这个鬼地方呀?哦,就是你的家。"说着,指了指脚下。

"我说过了,谁也不能离开。"亲亲摇了摇手,把小白狼晃荡得天旋地转,"你们离开了,我的地盘就暴露了,我还怎么在这里住下去?"

小白狼觉得有理,就调头望着黄小蛮,说:"我们是不是应该跟他发个毒誓,保证出去后一定不会说出这个秘密的地方?"

"哼,我才不发誓呢!"黄小蛮气呼呼地。

"哼,我才不要她发誓呢!"亲亲也不甩她。

眼看又要闹僵了,小白狼使劲扭动身子,从亲亲手里爬出来,抖了抖毛,显出一副很老练深沉的样子,清了清嗓子,说:"别耍小孩子脾气,我们现在谈的都是种族之间的大事,一定要冷静,冷静面对。那个,这样,先放我下去,站在地上,我心里更踏实些。"

亲亲一弯腰,轻轻把小白狼放在地上。黄小蛮看见小白狼和亲亲像一伙的就生气,一扭身子,转得远远的,背对着亲亲。亲亲很尴尬地望着小白狼,一脸的无辜。

小白狼连忙安慰亲亲,说:"别急,我去说说,一定会没事的,没事的。"说着,他就一路小跑,来到黄小蛮身边。

黄小蛮把头一偏,哼了一声,不想理会这个没有立场的家伙。

"有话好好说,办法总是慢慢想出来的嘛。"小白狼轻轻拱了一下黄小蛮,"搞僵了有什么好处,打,是打不过他的。"

黄小蛮举起手就想给小白狼一下。小白狼连忙缩回脑袋,说:"冷静,我可说的是实话呀!"

"哼,这是蠢话。"黄小蛮收回手,一指亲亲,"他算什么?

一坨'臭大粪',你还这样高看他,真是眼睛里长了臭虫吧!"

小白狼生怕亲亲听到了,不停地摇头,然后小声说:"他明明是龙族呀,不是龙族也活不了几千年几万年几亿年……"

"行了行了,我说是就是。"黄小蛮还是抬手指着亲亲,"你看清了,他浑身金黄,如果让他蹲下,卷成一圈一圈,不就是超级"臭大粪"吗?"

"小声点,我的小蛮仙!"小白狼急得都快跳起来了。

黄小蛮一点也不在乎,手一摆,说:"我懒得跟他说话,你去转告我的新发现,让他好好地认清自己的光辉形象。"

"好,好,你坐好,我这就去。"小白狼怕事情闹大了,连忙跑了过去。

亲亲一脸好奇地等待着,没等小白狼喘口气,就揪住问:"刚才她一直指着我,说了些什么?说,快说呀!"

小白狼吓得血直往脑门上涌,涌多了就来了主意,连连喊:"你放开我,让我慢慢说嘛。"

亲亲松了手,又是一脸的期待。

小白狼反而不着急,慢慢伸了伸脖子,又转了两下脑袋,好像在做比赛前的热身。等亲亲开始烦躁了,手准备伸过来了,小白狼才想清楚该怎么说:"她一直在夸你呢!当着面她都不好意思夸,背地里往死里夸呀!"

"哦,她怎么夸?"

"她呀,说你身材魁梧,有男子汉气魄,长相好,皮肤好,只是……"小白狼故意停顿下来。

"只是什么?"

"只是,她有个小小的愿望,不知你能不能满足。"小白狼回头望了一眼黄小蛮，她也正偷偷侧脸向这边看，"她说，如果你能蹲下身子，绕成一圈一圈的，像个塔往上堆着，就更有看相了。"

"看相是什么意思？"

"哎呀，就是美丽、漂亮、帅气、酷，反正就这些词，你懂的。"小白狼摆了个超级厉害的姿势，头上扬，嘴微张，目光仰望远方。

亲亲微笑着点点头，很有点不好意思，说："好吧，不是我自己要帅，是她让我帅的，我就帅一回了。"说着，他就尾巴着地盘起来，然后，身子一圈一圈地往上堆积，像个小山堆，山顶是他的龙头，龙角向两边张开，像一棵树。

小白狼眼睛都快睁破了，看完造型，假装满意地点了点头，忍不住感叹："真是很像呀！"

"你说什么？"亲亲在自我陶醉中，突然伸长脖子俯看着小白狼。

小白狼吓了一跳，结结巴巴地说："我，我说你真是超级大明星呀！我这就过去，问问她，满意不……"说着，他扭头就跑。

黄小蛮已经完全转过身子来了，嘴巴张得大大的，真不敢相信自己的眼睛。天啦，这怎么可能呢？亲亲的造型是如此的完美，如此的夸张，如此的超出想象……

"这回满意了吧！"小白狼气喘吁吁，"他说了，为了你，做什么都愿意，就算是这种造型，也在所不惜。你总得表现出一点点友好吧？"

"这个，我还是担心……"

"什么也别担心,我先过去问问他,等我喊一嗓子,你就赶紧过来哈。"小白狼也不等黄小蛮答应,又转头跑开了。

亲亲看见小白狼匆匆忙忙地跑过来,又是一脸的期待,问:"她怎么样?"

"别提了,她呀,没说的。"小白狼忽哧忽哧地喘了两口气,"你是世界上最帅气的龙,她只有仰视你。"

"我有这么大的魅力吗?"亲亲都喜糊涂了,脑袋发晕身子发软,帅气的造型慢慢下滑,最后趴在地上,只顾把头埋在手掌里偷着乐。

小白狼一看时机成熟了,转过头,对着黄小蛮嚎叫了一声。黄小蛮像听到了冲锋号,嗖的一声就腾空而起,身子像一条鞭子,啪地抽了过来。

亲亲也毫不含糊,忽地竖起身子,拦腰接住黄小蛮。两条龙自然地纠缠在一起,刮起一阵龙卷风,一边旋转一边移动,快速而有节奏,就像是一场精心排演的龙神的舞蹈。

小白狼暗发感慨:这才是最帅气的造型呀!

龙神的舞蹈太有吸引力了,那些跑散的人群都聚拢过来,在岩石下观望。那些躲进洞里的狼也探出脑袋,张大嘴巴欣赏。可是,等龙神靠近,就乱套了。龙卷风过处,人和狼都被卷了起来,掀到了半空中。

人和狼在空中撞到一起,吱哇乱叫,一片混乱。小白狼惊呆了,不知该怎么办了。这要是摔下来,还不个个头破血流呀!

30 打穿龙穴

"出事了,出大事了——"小白狼扯开嗓子喊,一遍又一遍。

终于,龙体旋转的速度慢了下来,龙卷风也小了许多,人和狼纷纷下落,就像一竿子从树上打掉的枣子,噼里啪啦,撞得岩石地面咚咚直响。紧接着,是一片惨叫,哎哟——哇哈——妈妈呀……

黄小蛮用力推开亲亲,冲到小白狼面前,没站稳脚跟,抢先发问:"出什么事了?"

小白狼本来对黄小蛮刚才那样狂舞就心怀不满,再听她那话更别扭,就没好气地一甩尾巴,说:"你没长眼睛吗?看看他们,都伤成啥样了?就知道跳舞跳舞,这就是龙族的本性吗?"

亲亲跟了过来,听到了后半句话,很得意地说:"你说得太对了,龙族最喜欢腾空起舞。而且,今天我还有个惊喜的发现,两条龙缠绕在一起跳舞,刮起的龙卷风威力要大很多倍呢!刚才真是一段完美的龙之舞,这么多年来,我头一次找回了做龙的感觉。太美妙了,太珍贵了!所以,我决定要把你们都留在身边。我会好好对待你们的。"

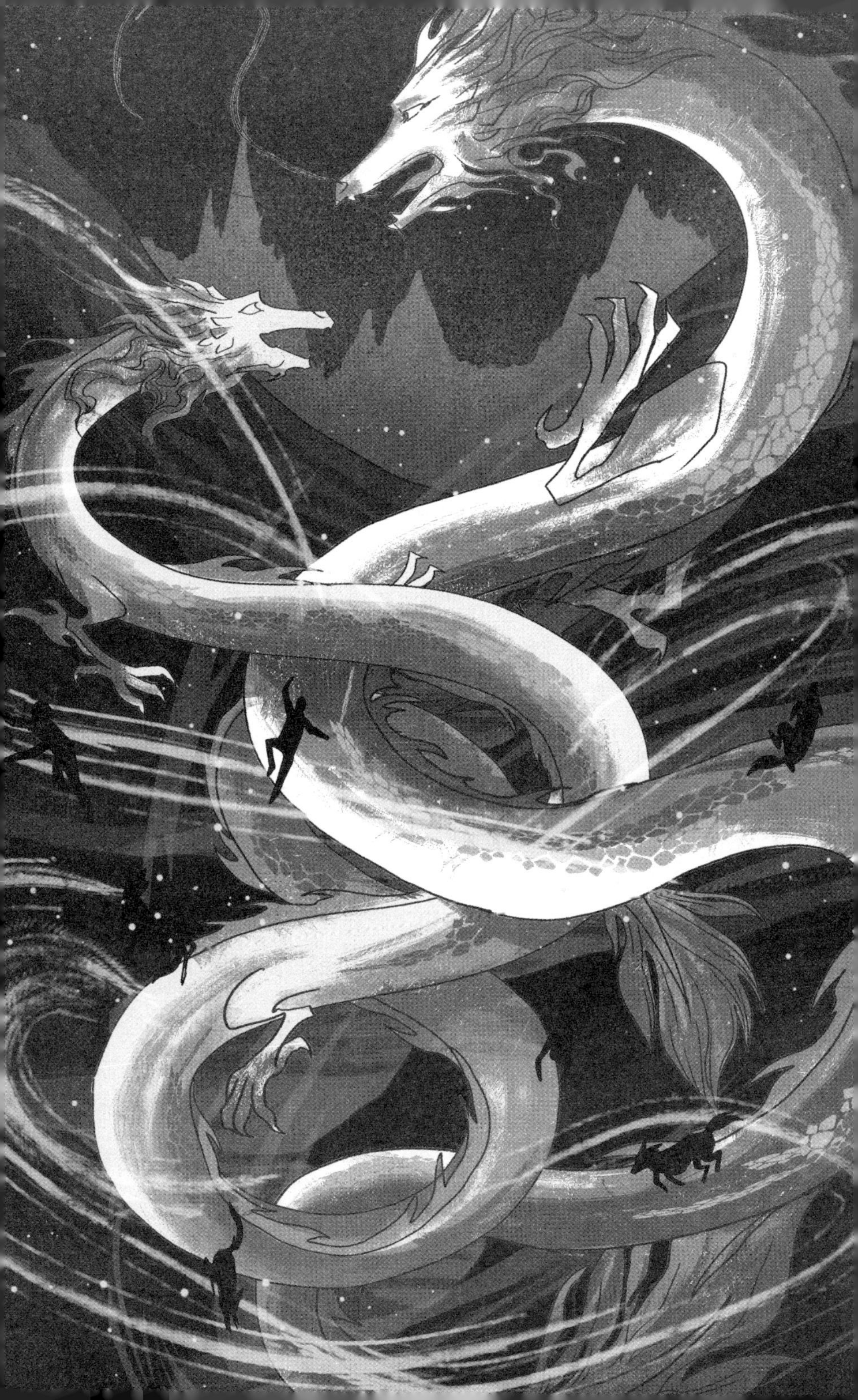

小白狼很不以为然，白了亲亲一眼，说："你就把她留在身边吧，放我们走，行不行呀？"说着，就咧开嘴露出牙，冲黄小蛮做了个怪相。

黄小蛮本来想解释，刚才跳舞完全是被亲亲拉住不放，一抬头，看见亲亲正望着自己，就把话吞了回去。

小白狼哼了一声，说："你看看他们，这就是你好好对待的吗？他们一个个都爬不起来了，你眼睛是干什么用的？"他对龙族的眼睛好像格外关注。

"我眼睛是看东西的呀，比你的大呢！"亲亲一点都不介意小白狼的火气，故意眨了两下眼，忽闪忽闪的，"他们都没事，我卷的风有多大，心里有底得很，伤不了筋动不了骨，我保证他们两秒钟之内全部站起来走路。是不是啊——"他把最后问话的音量突然提高拉长，声音像尖刀一样刺耳，河面的水也抖起了层层的波澜。

躺在地上哼哈哇呀的人和狼像打了一针镇痛剂，又像被刀架脖子似的吓呆了，不到两秒，纷纷爬了起来，捂着耳朵夹着尾巴，四散而逃。

黄小蛮又看到了那个披着白头发穿着白衣衫的女人，也夹在人群中，特别显眼。她觉得那女人不是在跑，而是在飘，头发和衣衫都飞舞起来，让她目瞪口呆。

小白狼拱一下黄小蛮，说："看什么呢？都看呆了。"

黄小蛮惊醒，知道小白狼在取笑自己，但一时又说不清自己的心情，就干脆把话题引到亲亲身上，说："你还是想想你自己吧。他要把你关在这里，整天暗无天日，看你能怎么办"

"你也离不开这里呀，不是吗？"小白狼寸步不让。

黄小蛮愣了一下，也想不出什么好主意，就直接问亲亲："咱们龙族天生就住在这种鬼地方吗？伟大的龙族，永恒的龙族，为什么不能找个舒适点的地方住着呢？"

亲亲一听黄小蛮对龙族不敬，就把眼睛瞪起来，一把将她拉得远远的，小声说："胡说什么呀你？龙族当然不是住在这种地方的，龙是上天的神物，降落世间，游荡在大海，你明白吗？"

黄小蛮摇了摇头，说："你好像是在写诗，据说诗是人间的神器，连普通人都难以搞明白，何况我呢！我从小无人管教，不学无术，基本上是个文盲。"

"唉，没文化，真可怕！"亲亲叹了口气，"我直说了吧，龙族住在大海。"

"大海？是个什么东西呀？"黄小蛮还是一脸傻相。

亲亲刚想做一番解释，可不知从哪里说起，只好又叹了口气，说："唉，算了算了，说了你也不懂。"

黄小蛮鼻子哼了一声，说："有什么了不起的？大海一定不怎么样，要不，你也不会跑到这鬼地方来定居呀！"

"这里确实是个鬼地方，不过，大海可是个好地方呀！"亲亲一脸的神往，"无边的海水，成群的鱼虾，还有我最好的朋友……"

"别作诗了，文化太多会把我搞糊涂。"黄小蛮打断话头，"大海那么好，你就回去呀！别忘了，顺便带上我，我也想去旅游一下。"

"想回去，没那么容易呀！"亲亲叹了口气，摇了摇头，"我是接受惩罚，才来到这里的。没有父王的命令，我是不能回去的。"

黄小蛮突然笑了起来,说:"你真是个孝子呀!可惜我不欣赏。你这叫冒傻气,知道吗?"

"我没冒傻气,我……"

"就是冒傻气!"黄小蛮不给亲亲解释的机会,"看看你,看看你,身强体壮,所向无敌,一伸手可以遮天,一跺脚可以盖地,你以为能够控制整个世界,却控制不住自己的头脑。你的头脑被你的父王控制着,这有多可怕,你知道吗?这有多可惜,你知道吗?"

亲亲直直地盯着黄小蛮,一直等她说完,才接过话:"根本不是你说的那样。没错,我是被控制了,但不是头脑,而是心。"

黄小蛮听不懂,摸了摸自己的脑袋,又摸了摸自己的胸口,最后两手一摊,不得不承认自己没文化。

"我有个最好最好的朋友,在父王手上,我如果不听他的话,我的朋友就……没好果子吃,你懂的……"话没说完,亲亲嘴巴咧了咧,头上仰,鼻孔朝天,眼看就要号啕大哭了。

"我懂,懂,胡萝卜打鼓,咚咚咚!"黄小蛮连连摆手,制止他的伤心,"只求你保持一点男子汉的尊严,别撒娇,别掉泪,别发出让我心碎的哭声……"

啊——啾——亲亲打出了一个无比畅快的喷嚏,非常抱歉地望着黄小蛮。因为他的喷嚏正对着她,喷了她一脸。

黄小蛮像被泼了一盆冷水,浑身一凉,眼睛紧闭,恶心一阵接一阵地往喉咙口涌。她牙齿痒痒,拳头痒痒,脚趾也痒痒,要不是看在他身大力沉的分上,早就上去开揍了。哼,面对一个用拳头控制头脑的壮汉,她除了忍,还能做什么?

俗话说得好呀，忍一步，灵感闪现。黄小蛮睁开眼睛的时候，好主意也跟着出来了："唉，世上无难事，只要有我在。我黄小蛮虽然没啥文化，但办法多，你听说过吗？我告诉你啊，你只要带我到海里去，我先帮你探路，问明情况，保证你朋友不会出什么差错。你看……"

"好主意，我怎么没想到呢？"亲亲一把拉住黄小蛮，"我们这就走！"

黄小蛮甩开他，问："怎么走呀？"

"当然是从刚才进来的地下水洞游出去呀！"

"想得美！"黄小蛮扭头看了一眼小白狼，"我还有个条件呢，打穿这鬼地方，把他们都放出去。"

"为什么？"

"这叫破釜沉舟。稍微有点文化就懂的，你如果不把自己的后路断掉，不把自己的老巢端掉，就算到了大海，肯定也办不成事的。因为你就想着要回来嘛！"黄小蛮生平第一次这样透彻地讲解了一个成语，以为亲亲一定会佩服得五体投地，不禁有点飘飘然。

谁知亲亲一点都不想佩服，手一摆，说："不可能。"

黄小蛮气得没话说了，都想着冒险冲上去动粗了。这时，小白狼凑了过来，咬住黄小蛮的尾巴向后拖了拖，暗示她别激动。然后，他仰头对亲亲说："我最了解她了，你不答应她，她就会跟你死扛到底，你回家的梦想不就泡汤了吗？"

亲亲愣了一下，没作声。

小白狼一看有戏，就接着说："再说了，你这老巢也没什么好的，砸了也不可惜。退一万步说，你入不了大海，又回到这里来了，也没关系呀，有的是地方。哦，你不要担心和我们处不来，你看看，狼族和人类该是世代仇家吧，不也一样生活在同一片阳光下，不过是狼在山上，人在山下。反正呀，改变一种生活方式也没什么不好，趁此机会，动手吧，心动不如行动！"这番话很有广告效应，说完，小白狼还蹦了三下，显出阳光活力的形象。

亲亲并不是被说动了，而是自己想通了，得靠黄小蛮去海里探路。他太想大海了，太想雪隙了，封存在心底的思念，就像魔瓶里的妖怪，被放了出来，无法控制。他微微地点了点头，说："我也同意，可是，要打穿这龙穴，不是那么容易，我是没有这种把握的。"

小白狼一喜，又一愁，望着黄小蛮，忽然有了主意："有了，你们刚才跳的龙之舞，威力相当大，能不能再来一次？"刚才在看龙之舞时，小白狼还是羡慕嫉妒恨，现在却是真心想再看表演了。

这种奇怪的心态当然没逃过黄小蛮的眼睛，她偷笑了一下，弯下身子行了个大礼，拖腔拖调地说："遵命，我的狼王！"

亲亲也不含糊，已经张开双手等在那里了。黄小蛮纵身一跳，冲了过去。两条黄龙缠绕在一起，越来越快地旋转着，带动了四周风声，一时间飞沙走石，所有宝石的光都被遮蔽了。

风声越来越大，带着强劲的力量，升腾，升腾，突然，咚的一声巨响，石破天"开"，两条龙像箭一样射穿石顶，冲向天空，消失得无影无踪，只剩下一大片阳光从破窟窿里泼洒进来，把长年阴暗的龙穴洗得雪亮雪亮。

31 独处一室

死亡谷中,人和狼都没有离去。大家都疲惫不堪,躺在地上休息,人是人一堆,狼是狼一块,相隔不远,但界线分明。

不知等待了多久,突然一声巨响,悬崖之上,石破天惊,碎石乱飞,一道巨大的黑影直冲天空。四周狂风大作,飞沙走石,天昏地暗,草木折断。四处一片惊慌。

白卫也坐在地上打瞌睡,突然惊醒,望着白胡子,一脸的惊讶。白胡子一手遮着眼睛,一手拉住白卫,喊:"还等什么?快跑呀!怪物出来了!"

白卫从地上弹起来,一挥手,喊:"撤!"

其实在白卫起来之前,已经有许多人开始向死亡谷出口逃了。他发现自己的命令多余,愣了一下,看见狼群都站在原地没动,就跑过去,冲狼群一挥手,喊:"撤!"可还是不灵,狼群虽然惊慌,但都没有撤,只是原地转动着身体。

如风迎了上来,冲着山上叫了几嗓子。白卫听不懂,但能明白大致意思:怪物已经冲到山上去了,狼窝就在山上,狼群往哪里撤?

白卫知道说话多余,就指了指山下,又挥手示意撤。这回如风也明白了,冲狼群喊了一嗓子,狼群就启动了,撒开四蹄,如离弦之箭，眨眼之间就跑到了人群前面。也就是说，狼群比人群更早到达村落。

到了村落，并不安全，风还在刮，四周的白杨树猛烈摇晃，树叶哗啦作响，像有千军万马追赶过来。时不时山上还滚下一些石头，更是危险四伏。狼群站在村头打转转，一时不知该怎么办。

人群纷纷赶了上来，和狼群会合。白卫毫不含糊，冲大家喊："别在这里傻站着了，赶紧回家躲起来。个子小的藏到柜子里，块头大的藏到床底下……"

人群没等话喊完，就开始跑了。白卫不得不中止"躲猫猫大赛"，厉声喝道："回来，都给我回来！"

几个腿脚快的，都停下，回头望着，一脸的不解。

白卫喊："把狼分散了，带回各家。要不，他们躲到哪里去呀？"

大家这才明白，各自带上一只狼，往家里跑。等都跑光了，白卫看见只有如风站着没动，就上前拍了拍他，说："跟我走吧！"然后一挥手，快步向家里跑去。

如风当然听不懂人话，不过，也能猜出大概的意思，就凭直觉，跟着白卫追了上去。

白卫一直跑进了自己最里面的一间卧室，哐地把门关死，又啪地插上门栓。

如风吓得浑身一哆嗦。虽然他已经有点习惯和人在一起了，可前面都是成群结队的，闹哄哄，那样容易相处，觉得自然。现在，只有他和一个人独处一间房，而且房门被关死了，而且这个人是部落首领，而且首领手里还握着一把寒光闪闪的剑……他不由得向窗边挪动了两步。可惜,窗也是关死了的。

白卫插上门,稍觉安心,一转身,看见如风紧张得耳朵都竖起来了,顿时,也好像浑身茅草扎,不知该怎么办。这样的人狼独处一室,他也是头一次,只觉得怪怪的,怪得有点心虚。

想当年,人和狼是何等的仇视,部落最大的任务永远只有一个:和狼斗争。部落里一直有一个不成文的规矩,谁能猎杀狼,谁就被看作英雄。他之所以能当上部落首领,也是因为他亲手杀过一只狼。

那一年,他独自上山打柴,没料到遭遇了狼群。他躲藏起来,等狼群过去了,才出来。可没想到还有一只掉队的狼跟上来,和他撞了个正着。狭路相逢,勇者胜。他没有退路,也无法躲藏,只得握紧砍柴刀,和那狼展开了一场生死搏斗。他现在已经记不清自己是怎样和狼纠缠在一起满地打滚,刀早不知丢哪里去了,狼狈不堪,不过,滚来滚去,就在他已经耗尽力气,以为自己必死的时候,狼突然不动弹了。他挣扎着爬起来一看,乖乖,一根尖利的树桩扎进了狼的后脖颈。如果刚才滚在下面的是自己,那么,狼就是胜者。他不敢多想,遍地转了一圈,找到砍柴刀,恶狠狠地砍下狼头,提着回了村子。从此,他成了英雄……

咚的一声响从窗口传来,白卫惊醒,握剑向窗。窗下站着的如风一惊,魂飞天外,以为首领要下手了,狂叫一声,缩到墙角,咧开嘴,却无牙,准备做最后一搏。

白卫愣了一下,已经明白是山上滚下的石头撞到了窗外,见如风吓得发了狂,就连忙把剑收进鞘内。如风缓和了一些,慢慢合上嘴巴,但还是不太放心,不肯离开墙角。白卫想了想,就把鞘解下来,挂到了墙上,并对如风双手一摊,做了个放松的手势。

如风明白白卫的意思,就有点不好意思,往屋子中间挪了挪,摆动着尾巴,装出一副完全放松的样子。

干站着也不对劲呀。白卫准备说点什么,可是双方都听不懂。他想了想,就用手势交流。他指窗外,如风就连忙侧头望着窗外;他指天上,如风就仰头望着天花板;他指地面,如风就把鼻子贴到地面……这哪是交流呀,简直就是一个指挥,一个跳舞。折腾了半天,双方都很累,什么也没有交流明白。

白卫叹了口气,只好指了指床,然后,就横躺上去,留了一半的位置给如风。如风没有上床,身子一歪,就地躺下。这样也好,都可以好好休息一下了。不一会儿,他们真的都睡着了,外面的风声就像催眠曲。

突然,又咚咚响了两声,不是窗口,是门。白卫惊醒,跳下床,看见如风早已经退到窗下了。

狼果然比人更警觉!白卫暗叹了一声,抽出墙上的剑,靠近门,侧耳听。

咚咚,又是两响,不重,但够惊心的。白卫望了一眼窗下的如风,问:"谁?"

如风好像听懂了,摇了摇头,又摆了摆尾。

门外没有回应。一阵沉默之后,又是咚咚两响。

白卫只好自己拿主意,一手握剑,一手慢慢抽开门栓,做好一副搏杀的架势。

门慢慢推开,白卫却愣住了,手里高举的剑哐的一声掉到地上,浑身僵在那里。

如风吓了一跳,以为外面来了神仙,把白卫给点穴了。他伸头望了望,见门外站的是一位普通女人,不普通的是她全身白,白衣白衫,还有一头的白发披散下来。难道这就是传说中的仙女下凡吗?

没等如风搞明白,就见白卫突然向前一冲,一把抱住了那位仙女。仙女也紧紧地抱着白卫,两人一句话不说。如风搞不懂这是仙女的魔法,还是白卫抽风,反正他觉得此地不能久留。于是,他试探着往门口靠近,然后,慢慢从两人旁边溜了出去。他们竟然都没有觉察。

如风不敢停留,撒腿就向屋外跑去。等他跑到外面,才发现狂风已经停止,村子里的人和狼全部出来了,都向村口拥去。他想喊住一只狼问问发生了什么情况,可大家都在狂奔,根本停不下来,像抢宝似的。他当然也好奇,想去凑热闹,就跟着往前跑。

来到村口,他看见从山上跑下来一群人和狼,不过,那些人脸色都是苍白的,衣衫几乎都遮不住身体了。他再细看那些狼,不由大吃一惊:哇,都是以前失踪的狼呀!怎么都活着回来了呢?这是真的吗?

他用力眨了眨眼,再看,老天爷,那不是小白狼吗?他大喊着:"狼王,狼王!"朝着小白狼狂奔过去。

小白狼也看到了如风,朝着他跑来,相对而立,好久,竟默默无言。

如风以为狼王生气了,看到狼被带到人堆里,一定伤心、愤怒、失望……于是,他试着解释:"狼王啊,我是为了救你,才不得已和人类混到一起的呀!"

小白狼点点头,没有吱声。

如风又说:"你放心,这次人类没有把我们怎么样,当然,我们也没有把人类怎么样,大家在一起,都没有怎么样……"他一时也不知道该怎么才说得清楚。

小白狼还是没有吱声,只是点点头。

如风接着说:"你回来就好,就等着你呢。算了,我们再不和人类在一起混了,这就上山……"

小白狼没有听讲,走神了,侧脸望着毛癞一家人。

如风发愁了:狼王是不是哑巴了?他在里面到底受了多大罪呀?刺激过大,也会精神失常呢!难道狼王……他不敢往下想了。

不远处传来毛癞他妈撕心裂肺的哭喊。原来,那些回来的人中,就有毛癞他爹。他妈以为他爹早死了,今天突然活着回来,这种好事突然降临,他妈就受不了,哭得满地打滚。毛癞也站在一边抹泪,看着他爹扶他妈,又扶不起来。

真是闹死了!如风看着这一幕,虽然心烦意乱,但也羡慕人家能哭能喊的。狼王如果能喊一嗓子,让他如风马上满地打滚,也愿意呀!

就在这时,天空突然暗下来,巨大的阴影直压过来,遮天蔽日,人群狼群都乱作一团,跑的跑,叫的叫。如风也顾不了许多了,冲狼王大声喊:"快,到村子里躲一躲吧,那里有房屋,里面很安全!"

"不用慌,不用怕,那是我的朋友。"狼王仰头望了望天上,还露出一丝捉摸不透的笑。

如风想:坏了,狼王脑子全坏了。这明明就是死亡谷里的怪物,追杀到了这里,狼王还说是朋友,笑脸相迎。这,这,真是天绝我狼族呀!

32　人狼狂欢

看到亲亲在前，黄小蛮在后，向这边飞腾而来，小白狼正要迎上去，却无缘无故被扑倒在地，一个黑乎乎的东西重重地压在他身上。他嘴巴着地，来了个"狼啃泥"，疼得眼泪直喷，他真的生气了，吼："谁？找死！"

"小声点，我的狼王。我的声音你应该是熟悉的呀。"如风伸出四爪，把小白狼遮得更严实了，"不能让怪物再把你抓走了，狼族不能没有你呀！"

小白狼被压得喘不过气，又无法解释，就用力伸出头，冲天上喊："救我，快！"

亲亲正往下看，黄小蛮一把推开他，一头扎了下来，一把就将如风提起来，飞到半空。

如风四脚乱蹬，冲小白狼大喊："快跑，逃呀！"

小白狼爬起来，没有跑，而是冲黄小蛮喊："轻点，放他下来。"

黄小蛮下降一些，离地面还有段距离，就一松手。如风重重摔在地上，哎哟直叫，半天爬不起来。黄小蛮很抱歉地冲小白狼伸了伸手，说："我，已经很轻了。"

"你没看出来，他老得可以当你爷爷了吗？应该轻拿轻放。"小白狼一边瞪着黄小蛮,一边过去扶如风起来。

这时,四周都乱作一团,人和狼搅成一团,往村里逃。小白狼连忙冲黄小蛮喊:"你们,飞高一点,最好消失。他们都吓坏了。"

黄小蛮应了一声,就回头冲亲亲做了个手势,一起飞上天空,消失在云端。

如风惊得张大嘴巴,好半天才说:"妈呀,他们真听你的话呀?"

"我说过的,他们是我的朋友嘛。"小白狼很平静地摇了摇尾巴。

如风却不能平静了,张开嘴巴长嚎一声,这是战斗状态下的紧急召集令。眨眼之间,那些四散奔逃的狼都聚拢过来,把小白狼围得里三层外三层。

小白狼不解地望着如风,问:"你这是想干什么?"

如风显得很激动,没有接小白狼的话,直接对狼群喊:"我们狼王的本事你们都看到了吗?他能指挥怪物,怪物听他的话呢!"

"那不是怪物。"小白狼连忙把如风撞到一边,"那是龙,龙族,就像我们狼族,不过,他们会在天上飞。"

"哦——噢——喔!"狼群一片欢呼,好像都明白了一个天大的道理。

人群也跟着欢呼。毛癞刚刚抱着久别重逢的爹哭过,眼泪没干,马上又兴奋起来,跟着又喊又跳。白胡子从后面狠狠给了他一下,厉声喝道:"没出息,跟着狼起哄什么?"

毛癞摸着后脑勺,一脸委屈,本来想说那些人也在起哄嘛,可是，手还没指出去，人们都像吃了哑巴药，闭上嘴巴，侧头向村口张望。

人群散出一条道，毛癞这才看清，白卫正精神抖擞地从村口走来，在他身边还有一位白发披肩的女人，衣衫不再是白色，而是换成了红，格外耀眼。

毛癞没见过这个女人，连忙回头问他妈。他妈说，这就是首领的老婆呀，多年前在死亡谷失踪，也在山洞里待了很多年。毛癞转头望着爹，一脸疑问。爹点点头，说是呀是呀。那声音好像是从舌头下面挤出来的，已经不太像正常人了。

这时，白卫已经牵着白头夫人走到了人群中，人群马上围拢过来。一眨眼，人和狼成了两个阵营，好像要相互攻击似的。

如风当然觉出了不对劲，就小声对小白狼说："狼王，我来这里是为了救你，暂时和人类结成了联盟。现在，任务完成了，再逗留，怕夜长梦多呀，咱们赶紧撤吧！"

小白狼觉得有理，就独自上前，想和白卫道别。白卫反正也听不懂狼语，就一伸手，止住，说："今天，我的夫人归来，还有那么多失踪多年的村民归来了，真是天大的喜事呀！我们要架起篝火，通宵狂欢！"

人群一阵欢呼。

白卫压了压手，接着说："在这次行动中，狼族是我们最好的朋友，我们要留他们一起狂欢，让这种友谊保持下去。从此以后，人和狼就是永远的朋友了！"

毛癞冲到小白狼身边，很兴奋地拉住他，又蹦又跳。那些刚从洞里出来的人也冲进了狼群，和狼比画着，好像能和狼交流了。只有白胡子愁眉不展，暗自摇头，嘀咕："成何体统，成何体统！这人和狼，怎么能成为永久的朋友呢？"但他知道已经无力阻止白卫了。

天黑之后，篝火一堆一堆地燃起，火堆旁围满了人群，有的绕着火堆跳舞，有的坐在地上拍巴掌，跟着大声歌唱，气氛非常火热。白头夫人一直静静地坐在火堆边，好像怎么也高兴不起来。白卫跟着人群跳了一阵子，就停下来，坐到夫人身边。

白卫知道夫人在想什么。她一直在追问冲儿的下落，白卫不敢直说，怕她受不了刺激，又闹出个三长两短。所以，他不断地躲闪，说什么别急，会告诉她的。可是，怎么告诉呢？白卫急得头都大了三圈，刚才跟着跳舞，就是在想办法。最后，他做出了决定。

夫人没有追问，只是侧脸看着白卫。白卫假装跳得很忘形，才想起正事，一拍脑袋，说："哦，来，我们去见见狼王。"就牵着夫人的手起身向外走去。

因为狼天生怕火，白卫只得同意，狼群在不远处的黑暗中。不过，他给了许多生肉，让他们尽情享用。

小白狼正埋头苦啃一根骨头，如风拍了拍他的头。小白狼没有抬头，因为牙齿咬到骨头里，一时抽不出来。如风再拍，小白狼就有点不耐烦了，又无法开口讲话，只能从鼻子里猛地哼哼几声。傻子也听得出他生气了。可如风又来拍他的头。

小白狼忍无可忍，猛地一抬头，瞪眼，嘴里横着一根骨头，甩都甩不掉。如风连忙凑过去咬住骨头，说："交给我，你得有点狼王的风范。"然后一用力，就把骨头拉了过来，可是，咬得太深，如风也甩不掉了，只得咬着一根骨头迎接白卫。

这时，小白狼才明白如风为什么不停地拍他的头，真是忠诚的老将呀！他感激地看了如风一眼，心想：作为狼王，我要像你那样迎接客人，确实不太有风度。

小白狼马上向白卫解释："这骨头太好吃了，所以，他舍不得丢，呵呵！"

白卫听不懂，倒是白头夫人听懂了，给白卫翻译。白卫笑了起来，说："没想到狼族的长者都这么幽默呀！"

小白狼其实也没听懂，装出一副很明白的样子，小声对如风说："他说你可以退到一边继续啃骨头了。"

如风正羞得无处容身，就连连点头，转身扎进狼堆，趴着修理骨头去了。

白卫用手比画着，说："那条小龙，到哪里去了？你，能把他叫回来吗？"

这回不用白头夫人翻译，小白狼也搞懂了一大半。他回头四处望了望，然后，冲不远处的一棵白杨树喊："你快出来吧，我已经注意你很久了。累不累呀！"

树上突然有了动静。狼群都安静下来，盯着看。一个黑影慢慢下了树，爬了过来，一看，唉，哪是龙？明明就是那千年蛇妖嘛！

白卫连忙摆手，说不是不是。然后，他伸出手做龙爪状，又蹦又跳，想让小白狼明白。小白狼根本就不理会手舞足蹈的白卫，直接走到蛇妖面前，说："你本事大，快把黄小蛮叫回来，就说我有急事儿。"

"唉，你怎么知道我有这本事呢？还真让你猜着了，我呀，可以发射一种神秘的波，传播到千里之外。"蛇妖得意扬扬，竖起身子，左摇右晃，"我这种波呀，一般的俗物是感受不到

217

的,只有像龙那样的神物,才能接收……"

"你说谁是俗物?"小白狼伸出前爪,吓唬他,"少说废话,快办正事!"

蛇妖知道自己说漏嘴了,连忙趴下来,然后,张开嘴巴,吐出细长的信子。那信子快速颤动,发出刺耳的声音。小白狼觉得胸口像爪子抓,连忙后退,躲得远远的。听过难听的,没听过这么难听的。还嘚瑟,好意思吗?

不管声音多么难听,效果还真是奇妙。不多久,天空有了回应,隆隆作响,月光眨眼间就被云层遮蔽。紧接着,风声大作,忽忽几下,火堆被吹得四处乱飞,人群惊恐万状,尖叫着乱成一团。

幸好时间不长,风就停了,月亮钻出了云层。等大家都停止叫喊,两个巨大的黑影已经站在了面前。亲亲在后面更远处停下没动,黄小蛮走上前来。

月光下,黄小蛮又看到了那个白头发的女人,不过,那女人现在穿着红衣衫。黄小蛮愣了一下,低下头来,问蛇妖:"你叫我来干什么?"

蛇妖连忙后退,生怕被龙抓走似的,说:"不不,不是我找你,是他。"说着,用嘴指了指小白狼。

黄小蛮又把脑袋伸到小白狼面前,逗乐,说:"刚才赶我走的是你,现在又想我了吧?"

小白狼哼了一声,说:"尊敬的龙女士,不是我找你,是他呀!"说着,看了白卫一眼。

"爸爸。"黄小蛮突然收住笑,轻轻叫了一声,只有自己能听到。

白卫紧紧拉着夫人的手，慢慢走到黄小蛮的面前。夫人不知是什么情况，奇怪地盯着白卫。白卫指着眼前的巨龙，吞了吞口水，说："这，就是我们的儿子。"

　　夫人惊得后退两步，要不是白卫拉得紧，就倒下去了。她端详这条龙好半天，摇了摇头，对白卫说："你也变得幽默了，我们的儿子怎么可能是一条龙呢？"

　　这时，黄小蛮凑得更近了，冲白卫喊："爸爸，她是谁呀？"

　　夫人一听，脸全白了，一口气没接上来，歪倒在白卫怀里。

33 告别仪式

白卫轻轻地摇晃着夫人,等她醒来,就轻声说:"这也不是什么坏事呀,不是都望子成龙吗?冲儿真的变成了一条龙,我们应该高兴才对呀!"他喉咙有点哽咽,说不下去了。

黄小蛮听明白了,眼睛放光:这难道就是她日思夜想的妈妈吗?自从她扮演白步冲之后,就渐渐把白卫从内心里当作了爸爸,而且一直在想,要是能见到妈妈该多好呀!现在,妈妈就在眼前,刚才叫了一声爸爸,妈妈就晕了,当面叫一声妈妈的滋味会是什么样的呢?她一时却不敢开口了。

白卫盯着黄小蛮,眼神中充满了无比复杂的情感,但每一种情感黄小蛮都能领悟。最后,白卫颤抖着嘴唇,说:"儿子,叫妈妈,这就是你失散多年的妈妈……"

"妈,妈——"黄小蛮终于叫出来了,心像被扎疼了,眼泪喷出来。她无法控制地号哭起来。

黄小蛮只顾自己哭得痛快,不承想她现在的嗓门已经是无比强大,震得四周的人和狼都狂蹦乱跳,无处躲藏。

小白狼实在看不下去了,跳起来大喊:"黄小蛮,闭嘴!"

"我太高兴了,太激动了,我只是表达一下心情,有错吗?"黄小蛮刹车,很不解地望着小白狼。

小白狼咬牙切齿地说："你换一种方式表达，行不行啊？"

白卫连忙上前解围，摸着黄小蛮的头，说："好了好了，今天高兴才对呀！"

白头夫人看到这番情景，心情也转好，脸上有了笑容。她伸出双手，黄小蛮就把头贴过来。夫人虽然只能抱住一点点头尖尖儿，但那情形还是非常有感染力的，在场的人和狼都忍不住流下了泪水。

黄小蛮把头尖尖贴在妈妈的怀里，一股暖流涌向脑门，自从来到这个世界，她就不知道自己是谁，那一直是她的心结。后来，她冒充成了白步冲，竟意外地心甘情愿地认了白卫这个爸爸，但她心里一直在想，有个妈妈该多好呀！所以，此时此刻，正是她做梦都想得到的呀。她实在有点控制不住，嘴巴一咧，又准备号哭。

小白狼连忙蹦到她面前，竖起尾巴乱晃，不停地说："控制，控制，就算我求你了！"

黄小蛮很不好意思地把嘴巴合拢，吸了两下鼻子，一出气就把小白狼冲得歪倒在地。

四周一片哄笑。

白卫趁着这高兴劲儿也轻轻拍了拍夫人，小声说："好了，好了，你能回来，比什么都好。我只在乎你！"

夫人轻轻摸了摸黄小蛮的头，然后，推开，说："孩子，跟你的伙伴好好玩去吧。"

黄小蛮一转头，看见小白狼凑到亲亲嘴边，不知在嘀咕什么，就直接靠拢，很不客气地问："是不是又在说我坏话？"

"不敢不敢！"小白狼连忙摇动尾巴，"亲亲是担心你呀，和人结下这么深厚的情感，会不会不肯陪他去大海了？"

黄小蛮皱眉想了想，说："不会不会。大海是我的根源，我一直就想知道我是怎么来到这个世界的。现在，我有了答案的方向了，怎么会不去答案的尽头看个清楚呢？我要去，就算谁想阻拦我，也没门！"她头一甩，一副态度坚定的神情。

亲亲笑了一下，说："没有谁阻拦你，我是担心你在这里人缘太好，走了大家都会伤心。"

"伤心，是难免的。"黄小蛮一伸手，非常潇洒地竖起一根手指头，"只是，我从来没有远行过，这次算是出远门吧。我得好好算上一卦，挑个黄道吉日。作为龙族，做事不能太草率，得有个讲究，是不是啊？"

亲亲听得牙齿根子发酸，又不好扫兴，只得勉强笑着说："好啊好啊，算吧算吧，算出多少是多少。"

小白狼却非常不屑，哼了一声，嘀咕："哪来这么多穷讲究？要去就赶紧走，谁还稀罕你呀？"

黄小蛮看出小白狼的嘴巴噘得老高，准吐不出什么神曲，就一把揪住他，说："你现在不仅仅是男子汉了，还是狼王呢，请你吐字清楚，有点魄力，好不好？"

小白狼挣脱出来，甩了甩尾巴，挺胸抬头，说："我刚才是在打腹稿，当然要低调。现在我正式宣布，你刚才说得很有道理，并且建议让蛇妖帮你算上一卦，估计没有谁比他更合适了。"

黄小蛮一拍小白狼的脑袋，说："好主意，还是你脑袋清醒。"

小白狼差点被拍倒在地，等站稳脚跟，就不满地盯着黄小蛮，说："我的头脑本来是清醒的，可被你一拍，就难说了。"

黄小蛮没理会，腾空而起，跃过人群，来到白杨树下。千年蛇妖一直在那里看热闹，心情挺好的，可突然见黄小蛮逼过来，吓得一边往树上爬一边喊："有话好说，别拍我啊！"

话音刚落，黄小蛮已经重重地拍在蛇妖的七寸上，蛇妖惨叫一声，从树上掉落下来。黄小蛮根本不让他喘气，一把抓住他的脖子提起来，说："你活了千年，满肚子的学问，总不能放着发霉吧？据说算卦是你的强项，你就快给个准话吧！"

蛇妖悬挂在半空，上不着天下不着地，不停地扭动着身子，觉得自己受了千年来最大的羞辱，巴不得这个小蛮龙立刻消失，就说："我已经算好了，你快放我下来，我就告诉你。"

黄小蛮一松手，蛇妖"吧唧"重重地摔在地上，疼得直喊爷爷。黄小蛮很不乐意当爷爷，就伸出手，又要做保健操。

蛇妖连忙把身体向后一缩，喊："就在今晚，就是现在，赶紧出发，越快越好！"

黄小蛮把手收回来，半信半疑，说："你要敢骗我，后果很严重哟！"

"哪敢哪敢！"蛇妖扭动着身体，抬头向天，"你看那弯弯的月亮，是不是像一把弯弓？再看那一道阴云横过月亮，是不是像一支响箭？箭在弦上，弓已拉满，直指东方。东方是什么？大海呀！正所谓箭在弦上不得不发，此时不发，更待何时？"

蛇妖说得头头是道，黄小蛮听得半懂不懂，一脸疙瘩地回头望着亲亲。亲亲正巴不得马上出发，就连连点头，称赞蛇妖学问大，有见识。还说在这一带，除了他亲亲，就数蛇妖年纪大了，当然是精通古今，说话可信。

其实，亲亲这堆话黄小蛮也没听太明白，她是一头雾水，伸过头来小声问小白狼："这样说，我马上就要出发了？"

小白狼刚才被拍了一下脑袋，正在火头上，就没好气地说："你自己没长耳朵吗？他们说的不是火星语吧？哼！"

黄小蛮没有生气，只是哦了一声，然后，一脸落寞地转过身去。一想到马上就要离开这里，她实在有些不舍，这里是她一直生长玩乐的地方呀！那一刻，她感觉自己的心就像生了根，而现在，必须把根生生地扯断。

她慢慢地来到白卫和白头夫人面前，小声说："爸爸、妈妈，我真的要走了。"

白卫和白头夫人都伸出手，抚摸着黄小蛮的头，一时无话可说。黄小蛮觉得空气闷得要死，就突然长长地吐了一口气，伸出双手，左一个右一个，抓住了白卫和白头夫人。

小白狼惊呆了，不知黄小蛮又要耍什么蛮，片刻之后，不顾一切地冲上来，喊："你想干什么？放开他们！"说着，张嘴就要去抢人。

黄小蛮动作更快，一抬手，就将两个人高高提起，稳稳地放在自己背上。她用尾巴啪的扫开小白狼，说："走开，这是我的家务事，你少管！"

小白狼被拍倒在地，气得尾巴倒竖，等他爬起来想给黄小蛮点颜色瞧，却捞不着黄小蛮了。黄小蛮已经腾空而起，带动一阵旋风，不停地盘旋。她扭过头说："爸爸、妈妈，坐好了，我离别之前，我要带你们飞旋一圈。"话音没落，嗖的一下，她就向月亮冲了过去。

小白狼惊得张大嘴巴，说："她这是想登月吗？"

蛇妖竖起脖子，观察了一会儿，摇了摇头，说："她的目标是大海，不会登月的。这不过是她的一个告别仪式吧！"

哦——所有的人、狼，还有亲亲都仰起头，静静地张望。月光已经把黄小蛮飞翔的身影照成了一片剪影，她的身子缓慢优美地转动着，简直就像在跳一支完美的月光舞……

就在大家完全沉醉的时候，四周的树枝开始摇动，叶片哗哗作响。这时黄小蛮降落下来，逼近地面。

大家自动围成一个大圈，中间立刻成了一个舞台。黄小蛮缓缓落地，轻轻地把白卫和白头夫人放在地上，然后，才发现自己被包围了。她不知道发生了什么，左一瞧是狼群，右一瞧是人群，这都是她的最爱。她觉得自己不是龙族，好像一半儿是人类，一半儿是狼族。想着马上就要离开他们，她的眼睛突然起雾了，鼻子也有点肿胀的感觉……

"为我们的舞蹈明星喝彩吧！"小白狼猛地仰起脖子，长嚎："黄，小，蛮——"

狼群都跟着叫起了整齐的节拍："黄小蛮，黄小蛮……"

毛癞一听也来了劲，带头喊："白，步，冲——"

人群那边马上也喊声四起："白步冲，白步冲……"

虽然人和狼都听不懂对方在喊什么，但黄小蛮能明白，他们喊的都是同一个，就是她。她好不容易控制住泪水，原地打了个转，对亲亲喊了声："我们走！"然后，一腾空，飞上了天。

亲亲匆忙跟大家做了个再见的手势，然后腾空而起。

"唉，还没跟我告别呢！"小白狼追出两步，叹了口气，抬头仰望天空。

两条龙越飞越高，越飞越远，渐渐地消失在月色中。

34 久别重逢

大海，亲亲终于又见到大海了，激动得浑身乱颤，鳞片哗啦作响。他按下云头，渐渐靠近海面，真想一头扎进去，游个痛快，洗掉离去之后的思念。可是，他突然意识到自己不能入海，父王说过，不受到召唤是不能回来的，否则，雪隙的性命就难保呀！想到这里，他就停在半空，回头看着黄小蛮。

黄小蛮惊呆了，在她以往的生活圈子里，在她放肆的想象中，怎么也料不到会有这么多水，即使她驾在云端，也一眼望不到水的边边，这么多水是怎么都走到一块来了呢？

她有一肚子的话想问亲亲，一抬头，差点儿撞到亲亲的尾巴尖尖儿。她吓得一哆嗦，不满地问："高速行驶，你玩什么急刹车？"

亲亲抱歉地笑了笑，说："现在该你了，你先下去探听虚实，千万不要说我回来了。万一父王高兴，说想念我了，想得吃不下饭了，你就慢慢告诉他，我……"

"知道了知道了，你在这里等着就是了。"黄小蛮不耐烦地摆了摆手，一头扎向海里，顺便嘀咕，"缺了你还吃不下饭？真是天方夜谭！"

"你说什么？大白天的，怎么会有夜，会有坛……"亲亲追问。

黄小蛮没有听见，扑通入海。海水又宽又深又凉爽，无论朝哪个方向都可以尽情伸展，真是美妙没话说啊！不像小白狼那个山沟沟里，想洗个澡，只能缩到泥巴沟里，前面撞头后面撞脚，两边撞着膘，等洗完了一起身，嘿，一身的泥巴浆子。

她一边偷着乐一边向前游，见到了许多奇形怪状的鱼呀虾的，一律远远地躲避她，搞得她想问个路都没门。她正在东张西望左游右荡，就见一条巨大的青龙游了过来。

那青龙个头应该和亲亲差不多吧，大约是黄小蛮的三倍多。黄小蛮定睛一看，知道遇到了龙族，就愣在原地等待着。

青龙搅起很大的浪，撞得黄小蛮都睁不开眼睛。青龙忽地就冲到面前，围着黄小蛮游了一圈，哈哈大笑，说："哟哟哟，别来无恙啊？"

黄小蛮盯着他，一脸的疑惑：我根本不认识他呀，他怎么是一副老相识的样子呢？

青龙定下来，又发出一串啧啧声，充满惋惜地说："看来，龙族天生就应该住在大海，离开大海，都不长个子了，是不是啊？"

黄小蛮有点明白了，他是把自己当作了亲亲。那就将错就错吧。她也假装笑了一下，说："这个，见笑了。我回来不是比个子的，是想见龙王。"

"哦，你已经见到了。"青龙挺了挺身子，得意地甩了一下头，"龙王在此，你还不快快下跪？"

"开什么玩笑？"黄小蛮狠狠地一甩尾巴，就向前游去。

青龙正端足了架子，准备接受大礼，却不想呛了一口水，愣了一下,看着小不溜秋的小黄龙,他也不想生气,陪着这小个黄龙玩也挺有意思的。他于是追了上去。

青龙没有带路去龙宫,而是直接去了一个冰山林立的地方。其中一个巨大的冰山里面冻结着一条黄龙,那黄龙眼睛睁着,直直地盯着外面,面相鲜活。但显然是没有知觉了。

黄小蛮扑上去,隔着厚厚的冰层,抚摸着。

青龙远远地望着,冷笑了两声,说:"你一定很奇怪,老龙王怎么会落到这个下场。我告诉你,就是因为他太不识趣了。他那么老了,还霸占着王位不肯下来。而且,我知道他的心思,他一直还是想召你回来,把王位让给你的。哼,我怎么能由着他乱来呢?于是,略施小计,攻其不备,制服了他,把他冰在这里。这已经算是够孝敬他了吧?"

"你!"黄小蛮觉得这条青龙真恶心,一回头,死死地盯着他,抖得说不出话来。

"哟,生气了?是想报仇吗?别急嘛,还要有耐心一点,再领你多观赏一下,有仇一起报吧!哈——"青龙放肆地笑着,向冰山另一侧游去。

黄小蛮只好忍气吞声,跟着游过去,远远地,就看到有一个冰柱子,里面冻结着一条鲨鱼。她并不认识,就悄悄愣了一下神。

青龙像热心的导游,摸着冰柱,说:"这就是你最好的朋友雪隙,还认得出来吗?你今天还能见到她,全要感谢我。不瞒你说,只有龙族能活得长久,当年,我放出了鲨王和莫迪,他们都在我的眼皮底下老死了。"

黄小蛮努力让自己镇定,然后,问:"你把她冰冻起来,不光是想让她保存下来吧?"

"说得真好,还是你了解我呀!"青龙很夸张地拍了拍手,一副虚伪的样子,"但是,我要告诉你,在这个世界上,我,是对她最好的。可她不识相呀,打也打了,骂也骂了,她死活都不正眼瞧我。我气得要死,只要一伸手掌就能结果她的命。我想天天都能看到她,这样多好。看我有同情心吧!"

黄小蛮简直受够了,突然大吼一声:"闭嘴!"

青龙愣了一下,马上又笑了起来,一脸的轻蔑:"呵呵,我是得闭嘴。我一张嘴,不小心就会把你吞下去了,哈——"

"我真佩服你,五体投地呀!"黄小蛮摇着头,一脸的皱褶,"我也算看遍了世界的山山水水,见过无耻的,没见过你这样无耻的。我要是你,还活着干什么哟,早就找根绳子吊死,找块石头拍死,找个沟沟闷死,找个高坎摔死……"

青龙的脸越来越青,最后完全绿了,猛地冲上来,一把抓住黄小蛮,狠狠地往地上一摔又踏上一脚,让她动弹不得。青龙气得浑身乱颤,好半天才稳住精神,说:"你看看你这样子,不长个子,专长脾气,不是看在兄弟的分上,你现在已经上西天了。"

黄小蛮疼得龇牙咧嘴,拼命扭动着身子,又挣不脱青龙的脚掌,只有喊:"挪开你的臭脚,脚气会传染的!"

青龙一愣,抬起脚来查看,好好的,就说:"每天都有专门的侍从给我洗脚,怎么会有脚气呢?"

黄小蛮趁机爬了起来,身子不稳,左摇右晃,靠倒了冰冻雪隙的那根冰柱。哐的一下,冰柱从中间断开,雪隙掉出来,还滑动了几下。不过,雪隙浑身僵硬,无知无觉,一点反应都没有。

倒是青龙反应大，他气得一扫尾巴，把黄小蛮卷了过来，捏在手里，说："故意的，是吧？损坏物品要赔偿，你知道吗？我告诉你，你现在就是我掌中的玩物，我高兴了，就让你活着，一生气就能要你的命。明白吗？如果你想活下去，现在就乖乖地给我磕几个响头，喊两声龙王万岁。你意下如何呀？"

黄小蛮狠狠地喷了他一脸，说："还万岁呢！我巴不得你下一秒就嗝屁，吃饭噎死，喝水呛死，走路绊死……"

青龙浑身青筋暴露，把黄小蛮高高举起，望了望，正好看到一个尖尖的冰山，就狠狠地朝那里甩去。可怜的黄小蛮，脾气虽大，力气太小，毫无抵抗能力，就像个软饼，被抛出去，不偏不斜，正对着冰尖尖。等到下一秒，后果不看就知道，轻则扎个对穿，重则戳成两段……

时间暂停，怪事就在这时发生了。黄小蛮的身体在接触冰尖尖的一刻，竟然突然停住了，而且还轻轻地落了下来，没有扎坏一块鳞片。

青龙满心的惊奇，伸长脖子过去看。黄小蛮落下去，许多泡泡冒起来，弥漫了一大片，搅乱了眼睛，什么也看不清。等泡泡慢慢散开，一张脸显露出来——哇，怎么还有一条黄龙呀？

青龙吃了一惊，后缩了一下，看看躺在地上的黄小蛮，再看看浮在半空的黄龙，一时糊涂了。

那黄龙越升越高，身架渐渐显露出来，遮蔽了半边海，显然要比青龙大出许多。

"你，你是谁？"青龙被这条威武雄壮的黄龙吓着了。

"我就是亲亲呀。"黄龙平静地回答。

"亲，亲？"青龙有些怀疑，有些紧张，"哦，欢迎，回来！"直到这时，他才明白自己刚才完全搞错了，以为那条小黄龙是亲亲呢！

"你欢迎的方式好像有点特殊哦！"亲亲说着，就俯下身子，慢慢地把雪隙围绕起来。

黄小蛮惊奇地看到，一股热气从亲亲身上升起，渐渐弥漫，最后完全笼罩住了雪隙。雪隙身上的冰碴子开始融化，凝结成水珠，缓缓下滑。她的身子也渐渐变得柔软，突然间，尾巴动了一下，又动了一下。亲亲喜得睁大眼睛，将嘴巴对过去，轻轻吹了一口气，雪隙就扭动身子，游了起来。

她左一游，撞到了黄黄的身子，右一游还是撞到黄黄的身子，就仰头问："你是谁呀？为什么不让我出去？"

"我是亲亲，亲亲呀！"亲亲把身子慢慢伸展开，让出宽敞的空间。

"这，是真的吗？"雪隙又仰头细看了一次，"亲亲，你可回来了。可是，你长得太大了，我都认不出来了。"

"可是，你一点都没变。"亲亲把身子往下降了一下，免得雪隙望得脖子酸，"离开的时候，我就把你的样子深深地刻在我的脑子里了，无论时间过去多久，我都记得清清楚楚……"

雪隙听着听着，嘴唇就颤抖起来，眼泪也涌了出来，她再也控制不住，一头扑到亲亲身上，放声大哭。

青龙可没工夫看这温情的一幕，他左一招手，右一摆尾，海里的虾兵蟹将都列队赶到，威武森严，气势汹汹。他得意地望着自己的队伍，冷冷地对亲亲说："我的欢迎仪式的确有点与众不同，下一步，我准备把你撕成碎片，哈！"

他猛地一挥手，虾兵蟹将都张牙舞爪，把亲亲团团围住。雪隙躲在亲亲的臂弯里，吓得瑟瑟发抖。她没想到，好不容易见到了亲亲，转眼间，又大祸临头了。

35　第三个蛋

虾兵蟹将并没有马上冲过去，而是整齐划一地止住，像按了暂停，在等待下一道命令。青龙冷笑两声，发出一声尖叫："扎——"怪异刺耳，算是命令吧。

虾兵蟹将闻声而动，一个个像压瘪的弹簧，嘭嘭嘭，直射出去，争先恐后地附着到亲亲的身上。亲亲顿时变成了一条又粗又长的刺猬，眼看着不被压垮，也会被吸干呀！

青龙更加得意，轻轻捏着胡须，摇着头，一副无比惋惜的神情，说："啧啧，谁让你回来的呀？谁允许你回来的呀？想家了是吧，但你要搞明白，不如不相见，不如常思念，不如……"

噼——啪——哧！一阵巨响打断了青龙的诗意演说，他回到现实，定睛一看，天神呀，那些虾兵蟹将都横飞出去，一片惨叫，非死即伤。亲亲慢慢浮现出本来面目，除了眼睛瞪圆，胡须倒竖，其他毫发无损。雪隙也活蹦乱跳地从亲亲身边游了出来，还不停地叹息："唉，这下坏了，打扫卫生得花多少时间呀！"

黄小蛮看得入神，不小心被一阵浪冲到石壁上，撞得脑门生疼，就没好气地冲亲亲嘀咕："哎哟，就显你有本事，是不是？放个屁都能砸碎一大片。可是，你放屁之前吱一声呀，我招你惹你了！我的要求不高，你放屁别对着我……"

亲亲没有理会，用尾巴尖轻轻把雪隙推到更远的地方，然后，就和青龙面对面了。青龙的笑凝固了，一愣神，扯掉了一直捏在手里的一根胡须，疼得嘴角一抽抽。

亲亲说："我们该单独谈谈了！"

"谈就谈！"青龙也不示弱。

话音未落，两条龙就绞到一起上下翻腾，卷起千层浪，把那些死鱼残虾翻来卷去。还剩一口气的，就彻底断了气；还剩一条腿的，都变成了无腿先生。雪隙也被摇晃得无法平静，黄小蛮就拉着她一起摇晃，找到了节奏，就像在荡秋千。

"海里面都这样交谈吗？"黄小蛮看不懂两条龙，就问雪隙。

雪隙摇摇头，说："我也搞不懂。"说着，就张大嘴巴望着，一脸痴呆相。

黄小蛮怀疑雪隙已经被摇傻了，一直在不停地摇头晃脑，就检验一下，问："你认识那个黄龙？"

雪隙点头了，神奇呀！她只点了一次，然后，又随着浪不停地摇头晃脑。

黄小蛮继续检验："你告诉我，他多大了？"

雪隙看了黄小蛮一眼，使劲地摇摇头，显然和浪涛的节奏不合拍。

"那，你们有多少年没见面了？"黄小蛮接着检验。

"不记得。"雪隙一点都不害臊。

黄小蛮想了想，又问："那，你多大了？"

"不记得。"雪隙竟然理直气壮。

真傻了呀她！黄小蛮刚想把这个诊断结果大声告诉亲亲，嘴一张开，就见两条龙轰隆一声，纠缠着腾地冲出了海面。她呛了一口水，狠狠地向上吐出，想喷到两条龙身上，已经根本不可能了。两条龙无影无踪，海水渐渐平复。

雪隙也停止了摇头晃脑，看上去半痴半呆，张着嘴仰望，好像要追寻两条龙的踪迹。

黄小蛮轻轻摇了摇头，继续问诊："你妈妈呢？"

雪隙又开始摇头。

"那，你爸爸呢？"黄小蛮都不忍心往下问了，但好奇心不让她止步。

雪隙还是摇头。

黄小蛮终于失去了耐心，大声喊："你告诉我，你到底还记得谁？"

"亲亲。"雪隙的声音很小，但很坚定。

黄小蛮愣住了，觉得自己的脑袋有点短路，这，到底是什么情况？没等她的脑袋连接好线路，咚的一声，一个大浪头冲过来，她的头重重地撞在石头上。

等泡沫散去，她恼火地瞪眼一看，亲亲回来了，拖着青龙。青龙已经没有了力气，软塌塌地随着浪摇来晃去。亲亲一松手，青龙就晃晃荡荡地落到地面，喘着粗气，无力动弹。

"哟，你们都谈了些什么呀？怎么把他谈成这样了？"黄小蛮指着地上的青龙，望着亲亲。

亲亲神秘地笑了一下，说："谈妥了一件重要的事情。"然后，就直接向前游去。

黄小蛮连忙拉着雪隙跟过去看热闹。绕过几道弯,来到一个巨大的海沟里,有一个和亲亲差不多颜色差不多大小的龙,被冻结在一个冰柱子里。亲亲对着冰柱子,吐出火,火苗舔着冰面,冰柱就慢慢融化。

黄小蛮被亲亲吐出的火吓了一跳,不敢再往前,远远地望着,问雪隙:"你们这里是怎么回事?没事都用冰冻起来干什么呀?"

"谁愿意被冰冻呀?"雪隙很不满地盯了黄小蛮一眼,"都是青龙干的。"

"呵呵,这青龙真是怪,没事玩冰冻。"黄小蛮没注意雪隙的脸色,一直盯着冰柱子,"哎,那黄龙是谁呀?怎么跟亲亲像一个模子倒出来的?"

"他是老龙王,父子长得一个样,也不算奇怪吧?"雪隙有点不理解黄小蛮的大惊小怪,"青龙为了夺王位,就趁老龙王不注意,控制了他,然后,把他冰冻起来了。"

说话间,就听哐当一声,冰块垮掉了,老龙王僵硬地横躺在地上,无法动弹。亲亲含住嘴里的火,然后,吐出热气继续喷到老龙王身上。老龙王渐渐软化,身体扭动,睁开眼睛,醒了。

亲亲慢慢把老龙王扶起来,顺手帮他抹平身上的鳞片,没想到那些鳞片都已经脱落,一抹就掉好几片。

"你,可回来了!"龙王苦笑了一下,"我真后悔呀,当初让你走了之后,我就知道是个错误。你受委屈了!"龙王老泪滑落。

"我,还好。"亲亲吞了一口口水,"你受苦了!"说着,他也心头一酸，眼泪就往外涌。

龙王却没有注意，伸长脖子向一边望，两眼发直，好半天才问："那个小黄龙哪里弄来的？"

亲亲吸了一下鼻子，调整感情，说："哦，她呀，是我在山里遇到的，跟着我过来玩玩。"

龙王一下摆脱亲亲，游到黄小蛮面前，眯缝着眼盯了半天，说："像，太像了。"

黄小蛮奇怪地问："像什么？"

"蛋，就是那个蛋！"老龙王激动得手指乱颤，指着黄小蛮。

"你敢骂我？"黄小蛮毫不客气地打开老龙王的手，瞪眼，"你个糟老头子，告诉你，亲亲是我带到海里来的，没有我，你还冻在冰柱子里呢！"

亲亲连忙横过来，挡住黄小蛮，小声说："你怎么说话呢？他是我爸……"

"我管他是谁，反正不是我爸！"黄小蛮根本不认账。

"我，就是你爸，咳——"老龙王过度激动，呛了喉咙，一阵咳嗽，"当年你妈生下了三个蛋，失踪了一个，剩下的两个就是他们兄弟。那么，你一定就是第三个蛋。"

"这是真的吗？我想见我妈。"黄小蛮突然觉得鼻子发酸。这不正是她梦寐以求的吗？她终于知道了她是谁，是从哪里来的。

龙王摇摇头，说："你见不到她了，她在生下三个蛋之后不久，就化作青烟消失了。"

"她长得什么样？"黄小蛮心有不甘，追问。

"肤色和形态都像他。"老龙王一指,不远处,青龙不知什么时候已经靠拢过来。

黄小蛮忍不住冲过去,轻轻地抚摸青龙的皮肤,搞得青龙很不好意思。

这边,老龙王把亲亲招到面前,小声交代:"你必须接替龙王的位置,我老了,不行了,他是个败类,心已经坏掉了,不可救药。你必须把小黄龙留下来,你必须……你必须……"

亲亲一边仔细听着,一边不停地点头。雪隙在不远处盯着亲亲,觉得他点头的样子是世界上最美的。

老龙王给亲亲交代完了,又招手让黄小蛮过来。黄小蛮以为他要来什么五不准十不该,就神情紧张地盯着,准备无条件点头。谁知老龙王盯了她半天,才叹了一口气,说:"唉,没想到在临死之前,我还能见你一眼,这就放心了。"

叹完气,老龙王就让黄小蛮一边去了,招手让青龙过来。青龙游到近前,心虚,隔着一点距离。老龙王又轻轻招手,青龙就往前伸出头。老龙王突然一把死死抓住青龙的脖子,嘴对嘴,不让青龙动弹。

黄小蛮惊呆了。无论青龙怎么扭动身子摆动尾巴,都无法挣脱,两张嘴好像长在了一起,嘴缝里不时冒出阵阵青烟。

这样持续了很久,老龙王终于放手了,身体瘫软地躺倒在地。青龙却僵硬地挺在那里,两眼发直,好像灌了一肚子迷魂汤。好半天,他才缓过神来,突然扑到老龙王身上,号啕大哭,眼泪气泡冒得一塌糊涂。

亲亲和雪隙相互望了望,都是一脸的迷惑。这完全不是青龙的风格,就好像神经短路,后脑勺抽筋,谁也看不懂。

青龙的哭声并不美妙,尖得刺耳,粗得闹心,可以肯定一点音乐细胞都没有。黄小蛮不耐烦了,冲过去拍着青龙大声喊:"你能不能小声点?这样会把你爸吵死的。"

青龙刹住哭,抬头望着黄小蛮,抽抽了两下,才含含糊糊地说:"他,他,已经死了……"

大家都惊呆了。

36 返回故乡

亲亲嘴唇发抖，无法控制怒火，大吼一声，冲过去，死死卡住青龙的脖子，喊："是你害死了父王，是你！"

青龙并没有反抗，只是摇着头，想喊，却发不出声。

黄小蛮连忙冲过去，用力撞开亲亲，说："放手呀，他有话要说。"

亲亲退到一边，不满地瞪着黄小蛮，本想冲她发火，一见她的可怜相，就算了。黄小蛮用力过猛，把牙撞松了，捂着嘴巴，疼得成了独眼龙。

青龙歪在地上，摸着脖子，猛烈地咳嗽了一阵，才缓过劲来，说："没错，是我害死了父王。在我童年的时候，嫉妒、胆怯、贪婪，这些不好的习气充满了我的心房，渐渐地，我的心就被熏黑了。后来，我做出那么多大逆不道的事情，就是因为心已经完全坏死了。父王很清楚这一点，而要驱散我心中的毒气，就必须用尽他身体里的真气。这是他的生命之气，也就是说，他的真气消失，生命就结束了。刚才，他就是把全部的真气传输给了我，我终于醒悟，可是，他却不能再看到我了。我现在只感到心痛，像被千只爪狂抓万颗牙狂咬，我一辈子都没有真正心痛过，这是第一次。我，我，我，痛呀……"他再也说不下去，取而代之的是哭，要命的哭声又响起来了。

亲亲盯着青龙看了半天，觉得是真哭，就无话可说了。他慢慢缩回身子，靠近父王，将父王大睁着的眼睛轻轻一抹，就合上了。就在老龙王闭眼的一刻，他的身体开始冒出白烟，还有一股股泡泡，渐渐就把他的身体笼罩住了，一片白，什么也看不见。等烟散泡灭，地上竟然是空荡荡的，老龙王已经化作烟气消失了。

哭声渐渐小了下来，青龙呆呆地望着空空的地面，鼻涕已经滑过嘴巴，垂下来，像生出来多余的胡须。黄小蛮望着摇摇欲坠的鼻涕，一阵恶心涌上来，连忙躲开，假装看远处的风景。远处，围满了看热闹的鱼虾。

青龙有真本事，只吸了一下，两条加长的鼻涕都瞬间缩回没了踪影。他张开嘴巴，长叹一声，说："弟弟呀，我罪孽深重，恐怕不能再留在海里了。"

亲亲第一次听见青龙发自内心地叫自己弟弟，愣了一下，问："你要到哪里去？"

"追随父王而去。"青龙向上望着，那里的海水格外明亮，透着太阳的轮廓。

亲亲慌了，说："不可不可，你既然已经回心转意，就应该好好活着，为龙族尽力。"

"放心，我不会寻短见的。"青龙由于仰望太久，鼻孔发痒，突然一个喷嚏，鼻涕喷射而出，差点打中黄小蛮的头，"我只是离开大海，云游四方，追随父王的灵魂，那样，我的心会好受一些。"

黄小蛮被鼻涕吓得不轻，缩着脖子，说："你不寻短见，也不能对我放暗箭呀！"

青龙不好意思地摆了摆头，来到雪隙面前，说："我这一去，可能永远就不会回来了。我心里有一句话，不得不对你说，今天不说，怕你永远都不知道了。"

雪隙连忙制止："我知道，知道。"

青龙一愣，问："你知道？是什么？"

"还是不说出来吧！"雪隙向亲亲身边靠了靠。

青龙看在眼里，微微点头，说："好，我就此告辞！再迟一步，怕追不上父王的气息了。"说着，他一纵身，就向上冲出去，拖着一道白浪，远去，远去，直到无影无踪。

黄小蛮连着哎了几声，也没叫住青龙，就不满地说："走得也太快了吧，道个别又不用花你一分钱！"

她侧头看亲亲，以为他也会有责怪的表情、挽留的意思，谁知他的注意力只在雪隙身上。好像青龙不是他兄弟，而是一阵风，吹走就算了吧。

亲亲转眼就成了龙王，统治四海。从那天起，雪隙就没离开亲亲半步，无论亲亲到哪里巡游，她都跟着。

黄小蛮不愿意跟在他们屁股后面，那样，她总觉得自己是多余的，就像块补丁还脱了线。她喜欢独自玩耍，到处乱游，看遍海底的风景。那些鱼虾上前跟她打招呼，她总是爱答不理，不和他们接近。这倒不是说她摆什么架子，而是她内心不接受这些海里游动的生物，她是陆地长大的，还是习惯看那些地上跑的生物。

她玩累了，就会躺下发呆。这时，她总是会想起小白狼，这个家伙就像不散的阴魂，一静下来，就浮现。她非常烦躁，会起身在海里冲来搅去,有时会冲出海面,想赶走脑袋里的画面,可没有用,只会让她更抓狂。

终于,她无法忍受了,对亲亲说她要离开。

亲亲一惊,问:"到哪里去?"

"回我的故乡。"黄小蛮想到的是那些山,那些村落,还有白杨树。

"你不是在开玩笑吧?"亲亲奇怪地盯着黄小蛮,"龙的故乡是大海呀!"

"不,大海是你的故乡,不是我的。"黄小蛮摇了摇头,"我的心不在这里,只有心在的地方,才是故乡。"

亲亲一愣,侧脸望着雪隙。雪隙轻轻哦了一声,一脸佩服地望着黄小蛮,好像见到了期待已久的偶像。

亲亲还是摇头,说:"你不能离开,父王说了不能让你走。"

"别给我太重的使命,我来到这个世界上,起码要开心地活一回吧!"黄小蛮原地旋转一下身子,"我在这里不开心,一点也不开心!"

"可是,当初是你要死要活地要来这里的呀,不是吗?"亲亲觉得这个小妹太任性,心里有火了,"告诉我,这是为什么?"

"我一直想知道自己是从哪里来的,到这里,我终于找到了我生命的源头,真的很感谢你!"黄小蛮并不生气,一脸抱歉,"也许是我的身世注定了我对龙族没有使命感,直到现在,我都不觉得我是龙族。请原谅!"

"你,你怎么能这样说呢?你身上流动的是龙族的血,谁也改变不了。你今天这样说话，有多么不负责任，知道吗？如果你一意孤行，终有一天会后悔的。"亲亲气得手都颤抖起来。

"那就等我后悔的时候再说吧，我现在还是想为自己的心活着，所以，我必须走了。"黄小蛮腾起了身子，"再见了，亲亲哥，再见了，美丽的小黑鲨！"

黄小蛮离去的速度丝毫不比青龙慢，嗖——哗，就好像道了别，怕谁追着收她钱似的。

再说小白狼带领狼族离开村落，回到山中，从此，狼族和人类相安无事。他是狼王，每天操持着大大小小的事务，一天到晚忙得打喷嚏的工夫都没有。夜静更深的时候，他就会独自来到山崖上，眺望东方，那是黄小蛮飞走的方向。

这天，月亮很大很圆，远远的，他的身影就像贴在月亮里的图片。对着夜空，望久了，他总会看到一条黄色的身影在空中飘荡。他当然知道那是幻觉，只是，他会一动不动，让幻觉停留的时间长些，再长些。

今天也不例外，幻觉照常出现，只是比以往似乎更清楚了。那黄色的身影还越来越近，越来越鲜亮，在月光的照射下，鳞片反射出银白的光。好逼真呀！

小白狼张大嘴巴，静静地望着，望着，生怕幻觉会消失掉。渐渐地，幻影变大变大，成了贴近的特写镜头。小白狼能清楚地看到幻影中的眼睛、鼻子、胡须，甚至还能听到阵阵风声和呼气声。太逼真了！

小白狼忍不住伸手捏住了一根胡须，好像真的有感觉哦，捏紧点，生怕感觉会消失掉。

"哎哟，你要死呀？见面不打招呼，伸手就拔胡须。我招你惹你了！"伴随着声音，一口气喷来。

嗯，是那熟悉的口吻，错不了！小白狼惊得手一抖动，真的就拔掉了一根胡须。望着手里的胡须，他脱口叫了一声："黄小蛮！"

没等黄小蛮接话，他就号哭起来，边哭边挤话："谁让你不招惹我呢？我就要拔你的胡须，让你知道我不是好惹的，呜——"

拔了我的胡须，你还哭！黄小蛮搞不懂这是什么混账逻辑，但她懂小白狼此刻的心情，就笑着说："好了，别哭，我这不是回来看你了吗？来，我带你围着月亮转一圈。"

小白狼一边哭，一边费劲地爬到黄小蛮身上。

"坐好了，飞起！"黄小蛮一纵身，就腾飞起来，冲向月亮。

小白狼突然换了频道，惊叫着，发出了阵阵笑声。那哭腔未消的笑声非常怪异，呜哇——哦哈，呜哇——哦哈，在夜里横冲直撞，任谁生出三只耳朵，也听不出这是狼王在笑。